Victoria Parker

Más allá de la culpa

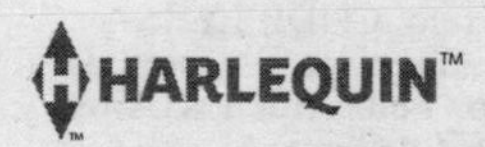

Editado por HARLEQUIN IBÉRICA, S.A.
Núñez de Balboa, 56
28001 Madrid

Más allá de la culpa, n.º 2336 - 24.9.14
Título original: The Woman Sent to Tame Him
Publicada originalmente por Mills & Boon®, Ltd., Londres.

I.S.B.N.: 978-84-687-4493-3
Depósito legal: M-19723-2014
Editor responsable: Luis Pugni
Impresión en CPI (Barcelona)
Fecha impresion para Argentina: 23.3.15
Distribuidor exclusivo para España: LOGISTA
Distribuidor para México: CODIPLYRSA
Distribuidores para Argentina: interior, BERTRAN, S.A.C. Vélez Sársfield, 1950. Cap. Fed./ Buenos Aires y Gran Buenos Aires, VACCARO SÁNCHEZ y Cía, S.A.

Capítulo 1

Mayo, Montecarlo

Prepárense, señoras, porque el piloto Lothario Finn St George vuelve a meterse en la lista de los más ricos y famosos.

Después de llegar al puerto de Mónaco rodeado de bellezas la pasada noche, el considerado el hombre Más Guapo del Mundo se dirigió al Gran Casino cual James Bond, vestido de esmoquin y luciendo su característica sonrisa. Armado con su carismático encanto, el seis veces campeón del mundo cautivó a la multitud a pesar de que el dueño de Scott Lansing le ha sugerido al playboy que se olvide de las fiestas locas e intente cambiar su mala fama.

Al parecer, los patrocinadores siguen amenazando a Michael Scott con retirar los cuarenta millones de libras con los que apoyan al equipo.

Es cierto que Finn St George siempre ha jugado a provocar, pero últimamente parece estar poniendo a prueba a los patrocinadores de productos más familiares. De hecho, la semana pasada se le fotografió divirtiéndose con no una, sino cua-

tro mujeres en Barcelona. Al parecer, es de los que piensa que en la variedad está el gusto.

No obstante, a dos días de la carrera anual Príncipe de Mónaco, sospechamos que la ajetreada vida social de Finn es la última de las preocupaciones de Scott Lansing, porque es evidente que nuestro piloto favorito está fuera de juego.

El tercer puesto de Australia fue un fracaso, y las difíciles victorias de St George en Malasia y Baréin dejaron a Scott Lansing a la par que su rival, Nemesis Hart. Pero después del espectacular accidente del mes pasado en España, que le impidió terminar la carrera, ha hecho no solo que los aficionados lo apoden el Retador de la Muerte, sino también perder varios puntos en la clasificación, dejando que Nemesis Hart lo adelante por primera vez en varios años.

¿Está perdiendo St George su agudeza? ¿O tanto le ha afectado el trágico accidente del pasado septiembre con su compañero Tom Scott?

Normalmente al frente de la parrilla, parece que nuestro querido donjuán va a tener que reformarse si no quiere que Scott Lansing tenga serios problemas económicos. Una cosa es segura: mientras Mónaco espera ansiosa la gran carrera de mañana, Michael Scott estará paseando de un lado a otro, nervioso, esperando un milagro.

Un milagro...

Con un giro de muñeca, Serena Scott tiró el periódico al otro lado del escritorio de su padre.

–Tiene razón en todo menos en una cosa. No estás paseando de un lado a otro.

Este guardó silencio unos instantes y lo único que se oyó en su despacho del yate fue la respiración de Serena y los latidos acelerados de su corazón.

–No, todavía no –respondió, clavando sus ojos oscuros en ella.

Serena tenía la sensación de que por fin, después de varias horas preguntándoselo, iba a descubrir por qué su padre la había hecho levantarse a las tres de la mañana y viajar desde Londres a la Costa Azul. Si el motivo era el que sospechaba, no le hacía ninguna gracia.

–No sé qué es lo que te preocupa –le dijo en tono amable, cruzándose de brazos–. Finn está actuando como siempre. Haciendo amigos, saliendo toda la noche, bebiendo, jugando, acostándose con famosas y rompiendo coches. Nada fuera de lo normal. Esto ya lo sabías hace dos años, cuando lo contrataste.

–Entonces no era así –respondió su padre–. Y no es solo eso. Finn...

Michael Scott frunció el ceño antes de continuar.

–¿Qué?

–No sé cómo explicarlo. Actúa como si no hubiese pasado nada, pero es como si quisiese matarse.

Serena rio con incredulidad.

–No lo creo. El problema es que es tan arrogante que piensa que es indestructible.

–Es algo más. Hay algo... oscuro en él.

¿Oscuro? Serena pensó en su pasado y se estremeció. Hasta que se dio cuenta de quién estaban hablando.

–A lo mejor le está dando demasiado el sol.

–Estás deliberadamente obtusa –protestó su padre.

Sí, era cierto, Finn St George sacaba lo peor de ella, lo había hecho desde que lo había visto por primera vez, cuatro años antes...

Serena intentó ser neutral y no pensar en una de las experiencias más humillantes de su vida. Prefirió pensar que era una lección aprendida. Después de aquello, había empezado a trabajar como ingeniera junto al famoso diseñador de coches del equipo, en Londres. Y Finn había continuado con su sed de brillar ante los medios, de los que ella huía como de la peste bubónica. Así que, por suerte, casi no habían vuelto a verse.

Hasta que, para su desgracia, los habían presentado formalmente en el equipo, ocasión en la que Serena había tenido que hacer un gran esfuerzo para no dejarse llevar y Finn la había retado y se había burlado de ella con la mirada. Era un hombre odioso. Y Serena tenía claro que ella no era ninguna mujer fatal, en especial, con un Casanova tan superficial como aquel.

Su falta de moralidad ya la había puesto enferma antes de que le hubiese robado su bien más preciado.

Sintió tanto dolor que se tambaleó.

–Mira –añadió su padre, tirando del puño de su camisa blanca–. Sé que no os lleváis bien...

Menudo eufemismo.

–Pero necesito tu ayuda, Serena –terminó.

Ella resopló con incredulidad y miró a su padre con el ceño fruncido. Tenía casi cincuenta años y parecía un icono del cine. Era un hombre guapo y aunque para ella no había sido precisamente una figura paterna, eran buenos amigos.

–Es una broma, ¿verdad? –le respondió, a pesar de que tenía un nudo en la garganta–. Porque te diré que es más fácil que me convierta en la peor pesadilla de Finn St George que en su supuesta... salvadora.

¡La idea era ridícula!

Su padre sacudió la cabeza con cansancio.

–Lo sé, pero me pregunto si serás capaz de llegar a él mejor que yo. Porque, sinceramente, a mí se me están acabando las ideas. Y los pilotos. Y los coches –le dijo su padre exasperado–. ¿Has visto el accidente del mes pasado? Va a matarse.

–Pues deja que lo haga –le dijo ella como solía hacerlo, sin pensarlo.

–Sé que no lo dices de verdad –la regañó su padre.

Serena cerró los ojos, respiró hondo para intentar calmarse y pensó que era cierto: no lo decía en serio. Tal vez no le cayese bien, pero no quería que le pasase nada malo. O nada demasiado malo.

–Y me niego a perder a otro chico en esta vida.

Ella espiró y, por segunda vez en los veinte minutos que llevaba allí, volvió a estudiar a su padre con la mirada. Tal vez también fuese un playboy, pero ella lo había echado mucho de menos.

Estuvo a punto de preguntarle si seguía sufriendo por la pérdida de su único hijo varón. Estuvo a punto de preguntarle si la había echado de menos a ella, pero nunca tenía conversaciones profundas con su padre. Nunca. Así que se contuvo.

Sí, era una chica dura. No lloraba por tonterías ni se quejaba de que el mundo fuese injusto. ¿Qué sentido tenía? Era hija de aquel hombre, había sido criada como uno más. Dejarse llevar por sus emociones no tenía sentido.

Así que, a pesar de tener un enorme agujero en el corazón, supo que tendría que ser capaz de tratar con aquel hombre y mantenerse ocupada, seguir con su vida.

Era una pena que el plan no le estuviese saliendo tan bien como había planeado. Algunos días le dolía tanto el corazón que era casi insoportable. «No seas tonta, Serena, tú puedes con todo».

–De todos modos, no puedes quedarte toda la temporada en Londres, jugando con el prototipo. Pensé que a estas alturas ya estaría terminado.

–Y lo está. Vamos a hacer las últimas pruebas esta semana.

–Bien, porque te necesito aquí. El equipo de diseño puede terminar las pruebas sin ti.

Su padre le había dicho que la necesitaba. Siempre sabía lo que tenía que decir y cuándo.

–No, lo que necesitas es que controle a tu chico malo. El problema es que a mí no me apetece nada volver a verlo.

–No fue culpa suya, Serena –le dijo su padre.

–Eso has dicho siempre.

Pero Finn se había llevado a Tom de juerga a Singapur y él había vuelto en su jet mientras que su hermano había regresado metido en una caja. ¿Y no era culpa suya? ¿No era culpa suya haberlo subido en un barco cuando Tom no sabía nadar, y que se hubiese ahogado? ¡Y ni había tenido la decencia de asistir al funeral!

Pero Serena no se molestó en llevarle la contraria a su padre porque sabía que eso no la llevaría a nada.

–Entonces... ¿qué es lo que quieres que haga? ¿Que lo perdone? De eso, nada. ¿Que le haga sentir mejor? No. ¿Por qué iba a hacerlo?

–Porque este equipo se está hundiendo y dudo que quieras eso.

Ella suspiró.

–Sabes que no.

El equipo Scott Lansing era su familia. Su vida. Un maravilloso grupo de amigos y tíos adoptivos a los que echaría mucho de menos, pero aquella conversación le estaba trayendo tantos recuerdos que le estaba costando pensar con claridad.

–Tienes que aceptar que no fue culpa de Finn –repitió su padre–. Fue un accidente. Discutir del tema no beneficia a nadie, al que menos, a mí.

Michael Scott se apretó el puente de la nariz como si quisiese detener una de sus horribles migrañas y Serena se sintió culpable.

Su padre estaba sufriendo. Todos estaban sufriendo. En silencio...

Pero, no sabía por qué, cada vez que hablaban

del trágico día ella tenía la sensación de que le estaban ocultando algo. Y lo odiaba.

Había pedido a su padre que le diese más detalles, pero este siempre cambiaba de tema.

–A Tom no le gustaría verte así –añadió, molesto–. No le gustaría que culpases a Finn, que tuvieses una vida rutinaria, que no salieses de Londres y que te dedicases solo a trabajar. Ha llegado el momento de que vuelvas a vivir. Que dejes de correr y de esconderte.

–¡No me he estado escondiendo!

Su padre resopló con incredulidad.

Y ella reconoció en silencio que tal vez fuese cierto.

Cerró los ojos un instante, estaba muy cansada.

Había perdido a su hermano, a su mejor amigo, y se le olvidaba seguir con su vida como si no hubiese pasado nada. Había sido criada para ser dura, era necesario, teniendo en cuenta que había estado viajando diez meses al año rodeada de hombres. No era la mejor manera de criar a dos niños, pero a Serena le había encantado su vida.

Si bien se había preguntado muchas veces cómo habría sido tener una madre, vivir en una casa normal e ir al colegio todas las mañanas, siempre se había dicho que su vida era mucho más emocionante. Y había compensado la falta de madre con Tom. Siempre había podido apoyarse en él.

Pero él ya no estaba. Ya nada era emocionante y nadie le daba la mano por las noches. «No necesitas que nadie te dé la mano. Eres fuerte».

Se tragó el nudo que tenía en la garganta y añadió:

–Si lo que dices es cierto y realmente hay un problema, ¿cómo puedo yo ayudarte?

–Quiero que Finn se interese por el prototipo, o que trabaje en tus últimos diseños... No sé, que se centre en algo que no sea mujeres ni alcohol.

Imposible.

–Yo soy una mujer.

–Solo desde el punto de vista técnico.

–Vaya, gracias.

Aunque no quería parecerse en nada a las mujeres con las que solía salir Finn. Serena siempre llevaba vaqueros en vez de faldas, tenía pocas curvas, se ponía botas en vez de sandalias. Y sus rizos rubios y suaves eran imposibles de domar.

Cosa que a ella le encantaba.

–Lo último que necesita es otra amante –murmuró su padre–. Lo que le hace falta es una patada en el trasero. Un reto. Y, sinceramente, cuando estáis juntos saltan chispas. Así que te estoy pidiendo, no, te estoy diciendo, que tienes que ayudarme. Ya te tengo en nómina, así que solo tienes que venir aquí e intervenir.

Ella guardó silencio.

–O lo haces, o tendrás que despedirte de tu prototipo.

Serena dio un grito ahogado.

–No te atreverías.

–¿No?

Sí, sí se atrevería. Su padre no pensaba que el coche que Serena había diseñado tuviese nada de especial y ella estaba dispuesta a cualquier cosa para demostrarle lo contrario.

Aquel prototipo era su bebé. Tres años de duro trabajo. Su inspiración y la de Tom. Habían soñado con estrenarlo en el circuito de Silverstone. Y era la única cosa tangible que le quedaba de su hermano.

–Qué golpe tan bajo, papá.

Él evitó mirarla a los ojos.

–Estoy desesperado.

Serena suspiró.

–Está bien. Intentaré... algo.

Empezó a sentirse incómoda. No sabía cómo tratar a aquel hombre. No tenía ni idea.

–Estoy segura de que Finn lo conseguirá. El año pasado tampoco empezó bien. Los patrocinadores lo perdonarán y se olvidarán de todo en cuanto empiece a ganar. Tenemos Mónaco en el bolsillo. Aquí siempre gana. ¿Qué ha pasado hoy en la clasificación? Está en la pole, ¿no?

–Se ha cargado el motor –anunció su padre con gesto compungido.

–Entonces, ¿mañana saldrá el último? ¿En uno de los circuitos más lentos y duros del mundo?

–Sí.

De repente, recordó la imagen que había visto al pasar con su moto por el puerto y se puso furiosa. Levantó el brazo y señaló en dirección al burdel flotante de Finn.

–¿Y está ahí, en su... yate? ¿Celebrando su último fracaso con sexo y alcohol?

Su padre se encogió de hombros y eso la calentó todavía más.

–¿Es que todo le da igual? Mejor no respondas a esa pregunta. Ya sé la respuesta.

¡Ese hombre solo pensaba en él! ¿Y aquello era noticia? Era evidente que no tenía vergüenza.

–Estoy harta.

Atravesó la puerta como un rayo, golpeando el suelo con fuerza con sus botas de motorista.

–Voy a matarlo. Con mis propias manos.

–¡Serena! Contrólate. Lo necesito.

Sí, y ella necesitaba a su hermano, pero recuperarlo era tan imposible como controlarse con Finn St George. Estaba harta de que aquel hombre le causase problemas a su familia. A su equipo. A ella. Su hermano estaba muerto y su padre, cada vez mayor.

¿Cómo era posible que aquel tipo fuese tan egoísta?

Ella iba a parar aquello. Iba a tomar las riendas de la situación.

En ese momento.

Capítulo 2

SERENA sorteó a las parejas que había por el puerto con la mirada clavada en el *Extasea,* que se alzaba sobre el agua, formidable, majestuoso.

A pesar de estar rodeado de los mejores barcos del mundo, el yate de Finn llamaba la atención. Era un palacio de 49 metros de eslora y tres cubiertas, que a ella le recordaban a los hoteles de siete estrellas en los que Finn se había alojado en Dubái, mucho más elegantes que un burdel.

No obstante, opulencia aparte, Serena sabía muy bien que las apariencias engañaban y saber que la habían rebajado a hacer aquello le calmó el orgullo. Pero no había marcha atrás. Iba a decir lo que pensaba y él iba a escucharla.

Se sintió estupendamente, valiente, liberada. Se dio cuenta de que tenía que haber hecho aquello varios meses antes. Tenía que haber hablado con él en vez de permitir que todo el mundo la tratase como a un molesto mosquito, como si sus sentimientos no tuviesen importancia. Había estado en un momento tan doloroso que lo había permitido, pero eso no iba a ocurrir más.

Cada vez más cerca del yate, notó cómo la húmeda brisa se pegaba a su piel y el ruido de sus botas en el suelo se vio anegado por el sonido de la sensual música. Mientras atravesaba la pasarela, el chapoteo y los íntimos gemidos procedentes del jacuzzi situado en la cubierta superior hicieron que tropezase.

Se agarró a la barandilla con ambas manos y sintió vergüenza. Lo cierto era que no estaba nada cómoda con la situación.

Echó a andar de nuevo y respiró hondo para recuperar la valentía.

Mirase adonde mirase había cuerpos, cuerpos y más cuerpos. Con el mínimo de ropa posible.

Se estremeció solo de verlos.

Dio otro paso y, al parecer, nadie se fijó en la llegada de una persona que no había sido invitada. Ninguna pareja dejó de besarse o de acariciarse. Nadie dejó de beber champán ni de reír, lo que le hizo preguntarse cuándo había sido la última vez que había reído ella.

¿Por qué reían Finn y sus amigos cuando ella todavía no era capaz de llorar?

Indignada, dio un par de pasos más, hasta que una figura de aire siniestro salió de repente y la agarró con fuerza de la muñeca.

–¡Ay! –gritó, sintiendo dolor en el brazo e intentando zafarse–. ¡Suélteme!

Pero cuanto más luchaba por soltarse, con más fuerza la agarraban.

De pronto, una voz que le era familiar dijo:

–Eh, déjala. No pasa nada.

El hombre que la había agarrado la soltó tan rápidamente que Serena estuvo a punto de caerse hacia atrás, y lo primero que pensó fue que tenía que volver a las clases de defensa personal. Cuanto antes.

Se puso recta y miró al dueño de la masculina voz.

–Gracias –murmuró con voz demasiado frágil, frotándose la muñeca.

–¿Estás bien, Serena?

Y entonces vio la cara guapa y joven de Jake Morgan, al parecer, un chico con un futuro prometedor al que ella todavía no había visto competir. Por algún motivo que desconocía, él parecía cohibirse cuando la veía, y a Serena se le encogía el corazón porque era quien iba a sustituir a Tom.

«No es culpa suya, Serena. Relájate».

–Estupendo. ¿Desde cuándo tiene Finn seguridad?

–Viene y va durante toda la temporada, pero la utiliza sobre todo cuando da fiestas.

–¿Y dónde está tu disoluto anfitrión? –le preguntó de manera arisca.

Estaba temblando de tal manera que tuvo que cruzarse de brazos para intentar que no se le notase.

–No estoy seguro –respondió Jake, tragando saliva y mirando hacia una puerta que debía de conducir al salón principal–. Hace un rato que no lo veo.

Estupendo, no quería delatar a Finn.

–Da igual. Ya lo encontraré.

Serena tuvo la sensación de que miraban su melena salvaje y su ropa arrugada mientras iba andando por la cubierta y, aunque pareciese irónico, se sintió extrañamente aliviada al cruzar la puerta que daba al salón.

El lugar era demasiado lujoso y cargado para ella. Serena procedía de una buena familia, pero aquello no le pegaba ni a Finn. Era evidente que le había comprado el yate a algún multimillonario, y que no había cambiado nada desde entonces, al menos un año antes.

Después de pasearse durante diez minutos entre lámparas de pared llenas de querubines por fin llegó a un pasillo en el que había más puertas. Era como una pesadilla.

Oyó gemidos procedentes de la última puerta y se le encogió el estómago.

Con el corazón acelerado y como atraída por una poderosa fuerza magnética, se dirigió hacia ellos.

Ya con la mano en el pomo, se preguntó si de verdad quería pillar a Finn, el infame mujeriego, in fraganti con su última amante, por otro lado, no podía pasarse toda la noche dando vueltas por allí. Si Finn estaba borracho, solo tendría dieciséis horas para espabilarlo, ¡y no iba a marcharse del yate sin respuestas!

Sorprendida consigo misma por lo que iba hacer, apoyó la oreja en la puerta para intentar reconocer las voces.

Oyó moverse las sábanas y el suave ruido de los

muelles. Oyó gritos de pasión y sintió vergüenza y calor.

¿Qué le pasaba?

«Céntrate».

Haciendo caso omiso del nudo que tenía en el pecho, apretó todavía más su cuerpo caliente contra la fría puerta.

Era evidente que la mujer, fuese quien fuese, estaba disfrutando mucho. Y el hombre no era Finn, habría reconocido su seductora voz en cualquier parte.

Nerviosa, se dijo a sí misma que debía retroceder antes de que la descubriesen, pero no fue capaz de moverse.

–¿Ha llegado ya al orgasmo? –le preguntó una voz de hombre en tono divertido.

Serena gritó sin querer y levantó la cabeza.

El corazón le dio un vuelco y se giró con torpeza, apoyándose en la puerta. Lo vio y...

Cerró los ojos con fuerza mientras rezaba porque aquello no fuese verdad. Otra vez. ¡Qué mala suerte tenía!

–Buenas noches, señorita Seraphina Scott. ¿Ha venido a unirse a la fiesta? –le preguntó él con tal regocijo que a Serena le entraron ganas de darse cabezazos contra el suelo–. Siempre hay sitio para uno más.

–Cuando... –empezó, pero casi no podía ni respirar–. Cuando las ranas críen pelo.

Quería salir de allí. Cuanto antes. Pero la idea de que se estaba comportando como una mojigata hizo que los pies se le clavasen al suelo y que abriese mucho los ojos. Entonces se dijo que tal vez no estuviese tan mal ser una cobarde.

Él se apoyó con insolencia en la pared, muy cerca de donde estaba Serena, y esta notó que le ardía la sangre. Lo único que podía pensar era que debía de haber hecho algo atroz en otra vida para merecer aquello.

Después de lo que Finn había hecho, Serena había esperado que su mera presencia dejase de afectarla. No era tanto pedir.

Lo odiaba. ¡Lo odiaba! Y él no había cambiado ni un ápice. Seguía siendo la criatura más depravada y con menos moral que conocía. Y era evidente que pretendía seguir comportándose como si no le hubiese destrozado la vida. ¿Qué era lo que había dicho su padre? Que Finn seguía actuando como si no hubiese ocurrido nada...

Por encima de su cadáver.

«Seraphina». Nadie la llamaba así. ¡Nadie!

–Te aseguro que esto no es una visita de placer –le respondió, consiguiendo que no le temblase la voz–. En cualquier otra circunstancia habría hecho falta un apocalipsis para que yo entrase en semejante antro de perdición.

Él esbozó una sensual sonrisa y en una de las mejillas se le formó un hoyuelo.

–Pero aquí estás.

Sí, allí estaba. Aunque era una pena no poder recordar el motivo. En lo único que podía pensar era en que aquella boca era como un arma cargada.

–Y parece que te he encontrado en una situación... deliciosamente comprometedora, Seraphina –añadió Finn, sonriendo y con los ojos brillantes–. ¿Escuchando detrás de una puerta? Eres una chica mala, muy mala. Debería darte unos azotes.

Ella agradeció no ser de las que se ruborizaban con facilidad y se preguntó si debía contestar a semejantes palabras. No entendía que Finn se comportase así cada vez que la veía.

Por desgracia para él, no la intimidaba. Ya no.

Lo miró de arriba abajo y decidió que no entendía qué tenía aquel hombre de atractivo.

Era evidente que su fama de mejor amante del mundo tenía que tener alguna base, pero ella estaba segura de que había muchos hombres que eran buenos en la cama. Muchos hombres que tenían un sensual hoyuelo en la mejilla. Muchos hombres con una boca hecha para pecar. Y unos ojos del color de...

¿A quién pretendía engañar?

Finn St George era un hombre impresionante.

Tenía el pelo rubio oscuro y corto, que solía llevar despeinado, unos labios sensuales y unos brillantes ojos cerúleos. Ojos que habían hecho fantasear a mujeres de todo el mundo.

Entre su imagen de actor principal y semejante cuerpo, en esos momentos vestido con unos pantalones cortos y una camisa de lino blanca desabrochada, estaba... para comérselo.

Por suerte, Serena sabía muy bien que debajo de un chasis perfecto podía haber un motor lleno de defectos.

–¿A qué crees que estás jugando, Lothario? ¿No piensas que beber y estar de fiesta la noche antes de una carrera es peligroso, incluso para ti?

–Tengo que encontrar la manera de quemar la adrenalina generada por la sesión de clasificación, Seraphina. A no ser que tú quieras ayudarme a aliviar mis tensiones más... físicas.

A ella se le encogió el estómago.

–Podría dejarte inconsciente de un golpe, no sé si eso te ayudaría.

Otra vez aquella sonrisa. Un arma peligrosa y destructiva capaz de hacer arrodillarse a las mujeres. El hecho de que la afectase tanto la enfadó todavía más.

–Pero supongo que no queremos estropear esa cara de chico guapo, ¿no?

Tal vez fuese por culpa de la luz, pero Serena tuvo la sensación de que Finn palidecía un poco justo antes de apretar los labios y mirarla de manera siniestra.

«Frena, frena», se dijo.

Pero entonces él sonrió como si aquello lo divirtiese, como si todo hubiese sido un juego, y su cambio de actitud fue tan radical que Serena flaqueó.

Su padre había dicho que, de repente, había algo oscuro en Finn. Y ella estaba de acuerdo.

–Te agradecería que dejásemos mi cara fuera de esto. Al fin y al cabo, no quiero disgustar a las chicas con una fea contusión.

–Yo diría que has tenido ya tu ración de chicas por hoy.

Parecía saciado. Tenía el pelo húmedo y le olía el aliento a menta, así que Serena supuso que acababa de salir de la ducha.

–Todo lo contrario, estaba a punto de empezar a ejercitarme ahora.

–Bueno, una cosa es acostarse con la última actriz de moda, y otra estar de fiesta toda la noche antes de correr en el circuito más peligroso de la temporada.

Finn suspiró.

–¿Qué tiene de divertido hacer siempre lo que es apropiado? Hasta la palabra es aburrida, ¿no crees?

–No, ni lo creo yo ni lo creen tus patrocinadores –replicó Serena, frotándose la frente porque estaba empezando a dolerle la cabeza–. Te prometo que si no empiezas a trabajar para este equipo, desearás no haber nacido.

–Te creo.

–Bien.

Finn se pasó el dedo pulgar por el labio inferior.

–Entonces, ¿si no has venido a disfrutar de la fiesta, qué haces aquí, belleza? –añadió en voz baja y embriagadora.

La miró fijamente a los ojos y lo que Serena sintió entonces fue una atracción primitiva y magnética. Lo odiaba. ¡Lo odiaba!

¿Y la había llamado belleza?

–No te burles de mí, Finn. No estoy de humor para tus juegos. Quiero ver este lugar vacío y a ti, sobrio. ¿Cómo te atreves a montar una fiesta y a poner en peligro al equipo mientras todo el mundo se compadece de ti?

–Sabes tan bien como yo que compadecerse de mí no sirve de nada. Sobre todo, habiendo sensaciones mucho más... placenteras que experimentar entre mis manos.

Serena sintió que estaba a punto de explotar.

–Teniendo en cuenta que has estropeado un motor esta mañana, creo que deberías pensar en cómo salvar la situación, en vez de estar golfeando. ¿Has bebido? ¡Podrían echarte de la carrera!

Finn negó con la cabeza.

–No he bebido.

–¿Me lo prometes?

–De corazón –le dijo él, llevándose la mano al pecho.

El tiempo se detuvo de repente y los recuerdos la invadieron con fuerza. Recordó a dos niños jugando.

–Te lo prometo de corazón –decía uno.

–Porque me caiga muerto –respondía el otro.

Tom.

Lo que sintió entonces fue frío, mucho frío. Y solo quiso marcharse de allí, alejarse lo máximo posible de aquel hombre antes de que la emoción que llevaba meses conteniendo se desbordase de golpe.

Le diría a su padre que era la persona equivocada para aquello. Que no podía, bajo ningún concepto, trabajar con Finn. Se sintió desquiciada, llena de emociones encontradas. Ninguna comparable al torbellino de deseo que se estaba creando en su interior. ¿Cómo era posible? Ni siquiera era justo.

«La vida no es justa, Serena, pero lo que no te mata te hace más fuerte».

Así que se dijo que antes de marcharse iba a obtener las respuestas que había ido a buscar.

En los últimos ocho meses, cuando Finn había imaginado que se encontraba con Seraphina Scott, jamás se la había imaginado con aquel aspecto tan masculino y con la oreja pegada a una puerta, escuchando a una pareja hacer el amor.

Qué... interesante.

Eso había hecho que la recibiese como la había recibido, aunque al clavar la vista en la suave curva de su cintura se le había detenido el corazón y se había preguntado cuáles eran sus opciones.

¿Disculparse? No era el momento ni el lugar adecuado.

¿Abrazarla con fuerza porque, por un instante, había sido consciente de su vulnerabilidad? Demasiado arriesgado. Si enterraba el rostro en aquella melena de fuego tal vez no volviese a respirar jamás.

¿Actuar como un perfecto caballero? A pesar de su fama, era muy capaz de asumir aquel papel. Podía ser todo lo que una mujer quisiera, siempre y cuando no fuese él mismo. El problema era que aquel comportamiento la habría hecho sospechar.

Tal vez dijesen de él que era atractivo, caprichoso y mujeriego, pero lo cierto era que de tonto no tenía un pelo. Sabía que Serena no tardaría en empezar a hacer preguntas acerca de la muerte de su hermano y él tenía que evitar que aquellas preguntas saliesen de sus labios. Unos labios de los que no podía apartar la mirada. Unos labios que no podía desear más besar, besar apasionadamente hasta que cayese rendida a sus pies.

Pero eso no ocurriría jamás.

Así que, al final, había decidido comportarse como lo hacía siempre y enfadarla. Así lo odiaría todavía más y, por supuesto, se marcharía.

Mientras que a una gran parte de él no le gustaba la idea, era otra parte, minúscula, la sensata, la que se había salido con la suya. Al fin y al cabo, si el mundo fuese justo, en esos momentos sería él quien estaría bajo tierra y no un chico inocente que siempre lo había mirado como si fuese un héroe.

Qué broma del destino.

Pero la muerte lo eludía, por muchos obstáculos a los que se enfrentase en la vida, por muchos coches que destrozase. Era Finn St George, el piloto que desafiaba a la muerte. Esta se llevaba a los buenos y dejaba que los malos se ulcerasen. Lo había visto en muchas ocasiones. Aunque él no se merecía tener paz. Cuando se marchase, no oiría el dulce canto de los ángeles ni el resplandor dorado del cielo. No. A él le esperaba algo mucho más oscuro y caliente. Era lo que se merecía.

Y eso no le preocupaba, todo lo contrario. Porque no sería mucho peor que los ocho últimos meses de su vida.

Estupendo. Estaba poniéndose otra vez ridículamente sensiblero. Qué pesado. Y era un crimen, teniendo delante a la deliciosa Seraphina Scott, cuya presencia siempre hacía que se le acelerase el corazón.

La puerta que había detrás de ella se abrió con un clic y salió una rubia en bikini que tocó el antebrazo de Finn al pasar por su lado. Creía recordar que era una actriz de culebrones, y agradeció que lo distrajese con el practicado vaivén de sus voluptuosas caderas por el pasillo.

Lo que no entendía era que sus ojos estuviesen en una parte y su cabeza, y su cuerpo entero, en otra: Seraphina.

–Supongo que es una de las tuyas –comentó esta.

–Creo que no he tenido el placer –respondió él, volviendo a mirarla–. Aunque...

Ella lo miró con desagrado y Finn se encogió de hombros. Las mujeres se habían tirado a sus brazos desde la pubertad. ¿Y qué hombre era capaz de rechazarlas? En cualquier caso, a él le encantaban. Le gustaban casi tanto como los coches. Era una pena que, en esos momentos, su cuerpo se negase a complacerlas.

Aunque el tema no lo preocupaba. Ya se solucionaría. Solo tendría que estar muy lejos de aquella mujer en concreto cuando eso ocurriese.

–¿Te importaría dejar de pensar con tu otra cabeza un solo minuto?

Él fingió reflexionar en silencio.

–Por supuesto. Lo haría si me dijeses que va a merecer la pena.

–Eres un cerdo egoísta, ¿lo sabías? Cualquier otra persona se centraría en el equipo después de haber perdido a Tom. ¿O debería decir después de que tú nos dejases sin Tom?

Directa al corazón.

–Pero el indestructible Finn St George, no. Solo piensas en ti mismo y en ir causando el caos por donde pasas. El problema no son las mujeres, ¡es mantener un coche en horizontal!

–A pesar de que la posición horizontal es una de mis preferidas, admito que no logro mantenerla siempre.

Ella hizo una mueca.

–¿Es que no te tomas nada en serio? El mes pasado estropeaste un coche que costaba muchos miles de millones de dólares. Dudo que vuelva a ver la luz.

Él se pasó la mano por la barbilla sin afeitar.

–Fue mala suerte –comentó–. En eso estoy de acuerdo.

–¿Para ti todo es una broma?

–En absoluto, pero me resulta aburrido centrarme en la parte más deprimente de la vida. Soy de los que suelen ver siempre el vaso medio lleno.

–Por desgracia, te vas a quedar sin vaso como no empieces a ganar carreras.

Era cierto que últimamente le estaba costando dormir debido a los flashbacks que lo asaltaban constantemente. Y, a pesar de que conduciendo siempre había conseguido calmar al depredador que tenía dentro, últimamente el salvajismo se había apoderado de él. Incluso detrás del volante se sentía como si no estuviese dentro de su cuerpo. Despojado de su famoso autocontrol. Incluso después de limpiar su mente notaba la cicatriz que tenía en la espalda y entonces... volvía a recordar.

Por suerte, su cuerpo se estaba sanando. Acabaría borrando los recuerdos y todavía tenía toda la temporada por delante para compensar a Michael Scott. Trece carreras para conseguir el campeonato. Era muy fácil.

–No te preocupes, nena, el equipo está en buenas manos conmigo.

Aunque era posible que Michael no confiase en él y que, por ese motivo, le hubiese enviado a su hija.

–No sé por qué, pero eso no me tranquiliza. Ah, sí, porque últimamente estropeas todo lo que tocas.

Otro duro golpe en el corazón.

–Tienes que confiar en mí, nena.

Ella resopló.

–Cuando las vacas vuelen. Estoy segura de que, para confiar en alguien, tienes que empezar porque te guste la persona.

Él sonrió de oreja a oreja.

Por fin lo detestaba alguien, en vez de regalarle los oídos mintiéndole con que no había sido culpa suya. Ni siquiera Michael Scott había tenido la decencia de decirle la verdad, aunque Finn era consciente de la confusión que había en los ojos del otro hombre. Pero la realidad era que su jefe tenía que dirigir un equipo y que habían firmado un contrato multimillonario, así que no podría deshacerse de él hasta el final de la temporada. El hecho de que tuviese que verlo todos los días no hacía sentir bien a Finn. Mick era un buen tipo, se merecía algo mejor.

Después de años pilotando con los mejores equipos del mundo, pasando de uno a otro sin parar, había tenido la esperanza de establecerse y quedarse en Scott Lansing una buena temporada. Era un equipo más familiar que lucrativo, y en el que era importante el respeto. Ya no se hacía ilusiones, pero, aun así, ganaría esa temporada aunque fuese lo último que hiciese.

Siempre y cuando aquella mujer se mantuviese alejada de su camino.

–Hazme otro favor. Deja de llamarme nena. Sugiere una cercanía entre nosotros que no tendría ni loca.

Sus increíbles ojos grises, enmarcados por unas largas y sensuales pestañas oscuras, lo estaban fulminando. Eran unos ojos que lo intrigaban. Finn sentía curiosidad por sus secretos. Al mismo tiempo, eran unos ojos que prometían paz y tranquilidad. Y eso contrastaba de manera sorprendente con su pelo.

Su pelo...

Finn se estremeció solo de mirarlo y el deseo corrió por sus venas como un narcótico. Porque aquella espectacular melena rojiza le decía que era una mujer que había ardido y había sobrevivido para contarlo. Era una superviviente.

Recorrió con la mirada su cuerpo delgado, absorbiendo el extravagante conjunto.

Las botas de motorista lo excitaban. Y los vaqueros ajustados y la camiseta verde manzana con el mensaje *Todo va bien* sobre sus perfectos pechos.

Sí, era deliciosa. Deliciosa.

Su aspecto era casi masculino, pero después de tanto tiempo rodeado de mujeres con pechos de silicona, labios hinchados por el botox y poca ropa, mirar a Seraphina Scott era, como poco, peligroso. La intriga lo embriagaba siempre que la veía. Por desgracia, era precisamente la mujer a la que jamás podría tocar.

No solo era la hija del jefe, sino que además le había hecho una promesa a su hermano. Y la cumpliría por mucho que le pesase...

–Si no salgo de esta vivo, Finn, quiero que me prometas algo.

–No digas eso, chico. Saldremos de aquí.

–En cualquier caso, no le hables a Serena de este lugar. Ya ha sufrido suficiente y vendrá a buscar un culpable. Tienes que protegerla. Prométemelo...

Finn notó que le costaba respirar. La protegería... manteniéndose alejado de ella.

Cerró los ojos para intentar controlar la atracción. De repente, se dio cuenta de que llevaba meses temiéndose aquel momento.

Seraphina había adelgazado y su expresión era de ira y de tristeza.

Y era por su culpa.

Finn se sentía culpable cada vez que la miraba.

Así que quería tenerla lo más lejos posible, lo que hizo que volviese a preguntarse qué hacía allí.

En esos momentos lo miraba de manera expectante, como si estuviese esperando una respuesta, y Finn no tenía ni idea de lo que le había preguntado.

Así que decidió cambiar de tema y le preguntó:

–¿Qué tal por Londres?

–Estupendamente, gracias por preguntar –respondió–. ¿Por qué no viniste al funeral de Tom? Mi hermano te adoraba.

A él se le encogió el estómago.

–Estaba enfermo –dijo Finn, sabiendo que tenía que cambiar de tema–. ¿Qué tal el prototipo?

–Espectacular. ¿Enfermo, qué tenías?

–Es una historia muy larga. ¿Está terminado?

Que Finn intentase cambiar de conversación puso a Serena furiosa, respiró hondo.

–Tal vez. ¿Sabías que mi hermano no sabía nadar?

Él se maldijo.

–No. ¿Te vas a quedar aquí?

–Es posible.

–Yo creo que deberías tomarte unas vacaciones.

Ella frunció el ceño.

–¿Seguro?

–Seguro. ¿Por qué no vas al Caribe? Te vendrá bien el sol, el mar y el sexo. Deberías relajarte un poco.

Ella arqueó una delicada ceja morena.

–No sabía que te preocupase tanto.

–Hay muchas cosas que no sabes de mí.

–Es curioso, porque yo estaba pensando precisamente lo mismo.

Él recordó en ese momento por qué no la soportaba.

–En cualquier caso, como te decía, creo que necesitas unas vacaciones –añadió.

–¿Me estás diciendo que no tengo buen aspecto?

–Bueno, ahora que lo dices, te veo un poco delgada.

Lo que habría sido un halago para cualquier otra mujer, a ella pareció molestarle.

–¿Me estás intentando insultar, Finn? Yo no te lo aconsejaría. Estoy por encima de todo eso.

–Umm, eso sí que sería interesante, tú encima –comentó Finn, mirándola de manera sensual.

–Eres un mentiroso. Y si estás intentando intimidarme fingiendo interés por mí, vas a tener que esforzarte más.

–Es tan divertido ver cómo te pones a la defensiva.

–Es que los playboys que solo piensan en divertirse no sacan precisamente lo mejor de mí.

–De eso no estoy seguro.

Enfadada estaba mucho más guapa y Finn suponía que ese era el motivo por el que siempre la pinchaba.

En esos momentos su respiración era acelerada y su pecho subía y bajaba con rapidez. Finn deseó meter las manos por debajo de la camiseta, pasar la lengua por uno de sus deliciosos pezones...

Notó que se excitaba todavía más, hasta que ella se cruzó de brazos y Finn vio que tenía unas marcas rojizas en las delicadas muñecas.

–¿Qué son esas marcas? –preguntó, acercándose para verlas mejor.

–Me las ha hecho uno de tus guardias de seguridad.

–Deja que las vea.

–¡No! –respondió ella, mirándolo como si se hubiese vuelto loco.

–Venga, deja de comportarte como una niña. No va contigo.

Finn tomó su mano y, al hacerlo, rozó sin querer su pecho con los nudillos. Eso le causó todavía más calor. Pasó con cuidado el dorso de la mano por sus antebrazos.

–¿Finn? –preguntó ella con la respiración entrecortada–. ¿Qué estás...?

–Yo...

«Siento que te haya hecho daño, se lo haré pagar. Te lo prometo».

–¿Finn? –repitió, inclinando la cabeza y frunciendo el ceño. Y su expresión se suavizó, lo mismo que su belleza.

Seraphina Scott no era bella en el sentido normal de la palabra. No era una delicada rosa inglesa, sino una flor silvestre.

Y estaba esperando a que Finn continuase hablando.

Él deseó decirle que sentía mucho lo que había ocurrido con Tom, y que habría hecho cualquier cosa para devolvérselo.

Deseó poder contarle la verdad a todo el mundo. Ojalá pudiese revelar lo que había ocurrido realmente en Singapur, pero la investigación todavía estaba abierta y no podía ponerla en peligro.

Serena movió los labios, como si fuese a hacerle más preguntas. Y Finn se puso tenso.

Necesitaba deshacerse de ella. No quería tenerla cerca. Pero no podía apartar las manos de ella. Se dio cuenta de que estaba temblando. No podía ser por su culpa.

Apartó una mano de su muñeca y le tocó el pelo. ¿Durante cuánto tiempo se había resistido a la tentación? Tenía la sensación de que llevaba un siglo haciéndolo.

Y entonces ella retrocedió.

–Finn, déjame. Ahora mismo.

Él oyó sus palabras en la distancia, se dio cuenta de que le temblaba la voz, y tomó un mechón de pelo que le caía sobre el hombro.

Era suave como la seda.

Serena dio un grito ahogado y él tiró del pelo de manera brusca. Serena hacía que perdiese el control, que se sintiese salvaje, aunque la idea de hacerle daño le encogiese el corazón.

–*Fiiiin* –le advirtió ella, respirando todavía con más rapidez.

Y eso le recordó que habían pasado cuatro años desde la última vez que la había tocado, aunque de manera inocente. Desde entonces, Serena lo había evitado. Era una chica lista.

Nunca la había visto abrazar a su padre, y no se le conocía ningún amante. Y no era porque no tuviese admiradores. Lo admitiesen o no, gustaba a casi todo el equipo, a Jake Morgan al que más, pero todo el mundo mantenía las distancias.

Finn se preguntó si lo hacían porque alguien les había advertido que no se acercasen a ella, o porque no tenían el valor necesario para hacerlo.

Allí había una historia que él habría dado cualquier cosa por descubrir.

Pero sabía que su belleza y encanto, con los que había jugado desde que había sido consciente de que podían servirle para salir de situaciones complicadas, era al mismo tiempo lo que ahuyentaba a Serena.

Aunque, en el fondo, también se sentía atraída por él. Y lo odiaba tanto como él.

Finn tomó la decisión. Adiós Seraphina Scott.

Que los dioses lo perdonasen por lo que iba a hacer.

Dio rienda a suelta a su deseo y entró a matar.

Capítulo 3

COMO un conejo sorprendido por los faros de un coche, Serena se quedó inmóvil mientras el hombre más guapo del mundo le acariciaba la muñeca con los nudillos.

Notó debilidad en las piernas y se puso a temblar. Y entonces él enterró los dedos en su pelo y la agarró por la nuca.

–Ni se te ocurra –le advirtió, o al menos intentó que sonase a advertencia, aunque más bien pareció un ruego.

–No deberías retarme, señorita Scott. Sobre todo, con esa voz tan deliciosamente ronca.

–Sinceramente, Finn, creo que deberías parar.

–¿El qué?

–Las mentiras.

–No he dicho ninguna mentira, nena –murmuró él.

La atracción que había entre ambos aumentó y Serena pensó que no era posible que fuese a...

Él se inclinó hacia delante y la tocó con su cuerpo fuerte, puso una mano en la curva de su espalda y la acercó más, hasta que sus cuerpos se tocaron por completo.

–Veo que es cierto que eres un suicida, Finn –le dijo Serena, pensando en levantar la rodilla y golpearlo con fuerza entre las piernas.

Pero él la besó en la comisura de los labios, y después subió a su mejilla, tocó la nariz de Serena con la suya.

Y ella sintió calor entre las piernas, y cuando Finn le mordisqueó los labios para separárselos, la eléctrica caricia de su lengua la sacudió por dentro.

«No respondas. No le devuelvas el beso».

–No... –le dijo con la respiración entrecortada, odiándolo. Y odiándose todavía más a sí misma por desearlo.

Llevó la mano a su pecho para apartarlo, pero en su lugar lo agarró de la camisa mientras él seguía besándola.

Era un beso lento, que no pretendía excitarla, sino hechizarla, y antes de que se diese cuenta, Serena estaba en el epicentro de una virulenta tormenta.

Se estremeció y se apretó contra él. Nunca había sentido algo semejante. Notó calor y humedad entre las piernas y deseó acercarse todavía más y que Finn la acariciase.

Nunca se había sentido tan femenina. Era la primera vez que un hombre hacía que se sintiese así.

Finn profundizó el beso y la atormentó con las suaves caricias de su lengua, y Serena se dejó llevar por su instinto sexual, un instinto que ni siquiera había sabido que poseía...

Aunque, por supuesto, eso tenía su explicación.

De repente, los recuerdos o las primeras caricias de Finn hicieron que se sintiese avergonzada, humillada, y tan vulnerable que los ojos se le llenaron de lágrimas. Y no podía llorar.

Apoyó las manos en su pecho y lo empujó. Él se apartó inmediatamente y levantó ambas manos en señal de rendimiento.

Era un tipo inteligente.

Serena se sintió como si las paredes del pasillo se estuviesen estrechando a su alrededor. Le costó respirar.

–¿Qué crees que estás haciendo?

Finn tardó unos segundos en contestar. Se llevó las manos a la cara y fingió sorpresa. Se le daba muy bien actuar.

Sacudió la cabeza.

–Comprobar que tus labios saben tan bien como pensaba.

–¿Qué?

Serena pensó que la estaba tomando por tonta.

¿Cómo había podido olvidarse de su hermano y del papel que ese hombre había jugado en su muerte?

Se sintió culpable. Notó que le costaba respirar.

–¡Respóndeme, Finn! Dime qué pretendías.

Él separó los labios, pero no contestó.

Serena tuvo la sensación de que quería contarle algo. Algo vital. Algo que ella también estaba desesperada por escuchar. La verdad.

–¿Estás intentando deshacerte de mí? ¿A eso juegas?

No podía sentirse más humillada.

Finn parpadeó rápidamente.

–¿Está funcionando? –preguntó entonces.

–¡Sí!

–Me alegro. Por si no te acuerdas, la puerta está allí –añadió, sonriendo, mientras señalaba hacia la salida.

Luego abrió una puerta que había a la izquierda de Serena y desapareció detrás de ella, dejándola sola.

Serena se puso furiosa.

¿Quería deshacerse de ella? ¡Pues no iba a conseguirlo! Aquella era su familia, su vida, así que no iba a moverse de allí. Su equipo tenía problemas por culpa de Finn y este tenía que hacer lo correcto. Además, estaba ocultando algo y Serena quería averiguar qué era. Tal vez entonces su corazón empezaría a recuperarse y podría dejar marchar a Tom. Encontrar algo de paz. Recordar lo que era disfrutar de la vida, aunque a menudo se preguntaba si lo había hecho en algún momento.

Avanzó dos pasos y empujó la puerta. Al otro lado solo estaba Finn, de espaldas a ella, junto a la cama.

La habitación estaba decorada en tonos azules oscuros, era masculina, y lo único que encajaba con Finn de todo el barco.

–¿Te quedaste sin dinero antes de que terminasen de redecorar el barco? –le preguntó ella en tono de burla.

–No, de repente me di cuenta de que no me gustaba. Está a la venta.

–Qué pena.

Con algunos cambios, podía ser un barco espectacular.

–¿Te gusta mi dormitorio, Seraphina? –le preguntó él en tono sugerente, tumbándose en la cama, sobre un montón de cojines.

–Me encanta. Solo me sobra la compañía. ¿Puedes dar la luz?

Finn se giró y tocó un botón que había junto a la mesita de noche. El techo brilló una vez, dos tres, hasta llenarse de estrellas.

–No me lo puedo creer –comentó Serena.

Él tomó una manzana roja de un frutero de cristal, se puso derecho y le dedicó una de sus arrebatadoras sonrisas.

Y Serena lo estudió con la mirada. No podía ser más guapo.

–¿Has venido por más, señorita Scott? –le preguntó él–. He oído que mis labios son adictivos.

Serena arqueó una ceja y fingió indiferencia. No quería alimentar su ego todavía más.

–Una oferta muy... tentadora, señor St George, pero me temo que la voy a rechazar. Tu reputación es exagerada.

Él se llevó la manzana a los labios y la mordió. Y a Serena se le hizo la boca agua.

–Ah, entonces, ha debido de ser el champán.

–¿Qué champán? –preguntó ella en un murmullo–. Casualmente, no he bebido.

–Me refería al motivo por el que te han temblado las rodillas –respondió Finn con malicia.

Y ella se sintió furiosa. Pensó que algún día borraría aquella sonrisa de sus labios, para siempre. Y luego se dijo que iba a hacerlo en ese preciso instante. Así que sonrió ella también.

Y Finn cambió de expresión, como si su sonrisa le hubiese afectado.

–Hablando de rodillas, me temo que voy a hacer que te arrodilles, guaperas.

Él la miró con curiosidad.

–Espero que sea una promesa, Seraphina. Yo estaré más que contento de obedecer.

Serena suspiró, sintió todavía más calor, pero se puso recta y añadió:

–Me alegro mucho. Así que voy a ser quien te dé la noticia: tienes delante a tu nueva jefa.

Capítulo 4

MÓNACO se había inundado de fans y personas famosas que no querían perderse el acontecimiento deportivo más glamuroso y emocionante del año. Y Finn estaba metido en el garaje, con dolor de cabeza causado por la falta de sueño y un tumulto de emociones.

Tenía que tranquilizarse. Sacar a aquella chica descarada de su cabeza.

Respiró hondo y giró el cuello, buscando el equilibrio que necesitaba, porque sabía que el menor de los errores podía ser fatal en aquellas calles.

Pensó en el circuito y se sintió infinitamente mejor. Mónaco era su circuito favorito y el mayor reto de la temporada. Siempre hacía que pensase que la vida estaba hecha para vivirla. Y él era un hombre que vivía el momento.

Cerró los ojos e intentó bloquear el recuerdo que le traía aquello.

Con trece años había visto morir lentamente, agonizando, a su abuela, la mujer que había sido como una segunda madre para él.

–*Carpe diem,* Finn, vive el momento –le había dicho en tono teatral, ya que había sido una gran actriz–. Es lo mejor. Recuerda: llora y llorarás solo, sonríe y el mundo sonreirá contigo.

Cómo olvidar a una leyenda que se había marchado demasiado pronto. El cáncer se la había llevado a ella y después a su madre, causando todavía más dolor en la familia. Y él se había jurado que viviría cada día como si fuese el último.

Con el corazón encogido, oyó a sus espaldas las voces de los ingenieros y salió a la luz mientras volvía a enterrar el dolor y la culpa.

El público estaba enfervorizado, las gradas estaban llenas, imagen que solía hacer que se le acelerase la sangre. Y le ocurriría. En cualquier momento.

Clavó la vista en la parrilla de arranque, llena de mecánicos y azafatas. Las miró, pero ninguna de ellas le llamó la atención. ¡La única mujer que monopolizaba sus pensamientos era su jefa!

Se dijo que, con un poco de suerte, no la vería en todo el día.

Aunque, ¿a quién pretendía engañar? Lo cierto era que quería verla. ¿Por qué? Porque era sarcástica, aguda, tempestuosa y bella, pero no tenía la belleza de las modelos con las que él solía salir. Y que le aburrían. Por si fuera poco, con solo mirarla se sentía culpable.

Se frotó la sien y después se pasó la mano por el pelo húmedo. ¿Dónde demonios estaba Serena? Menuda jefa...

Aunque en realidad sabía que, más que jefa, sería su niñera.

La multitud se desató y él se dio cuenta de que

había salido a la luz del sol. Levantó el brazo para saludar y sonrió.

–Aquí estás. Actuando para tu público, que te adora.

Él sintió que se derretía. Aquella mujer lo calentaba más que el sol del mediodía.

–Qué detalle que hayas venido, señorita Scott –le respondió, sin apartar la mirada del público.

–Habría llegado antes si no me hubiese pasado a buscarte por tu burdel flotante. Por cierto, que prefiero al guardia de seguridad de hoy. ¿Ha cambiado el turno?

Él se encogió de hombros. Le daba igual.

–Es probable –dijo, mirándola.

Serena tenía las manos metidas en los bolsillos traseros de los pantalones vaqueros y llevaba una camiseta blanca en la que había una mujer disfrazada de gata y el texto: *Esta gatita tiene uñas.*

Un mensaje muy adecuado.

–¿Puedo acariciar a la gatita? –preguntó.

Serena se estremeció y él sonrió.

–Si necesitas los diez dedos de las manos para pilotar el coche, no te lo aconsejaría.

–Me encanta cuando te pones así de dura. Me pones caliente.

–Lo siento, pero no me lo voy a tomar como un cumplido. Tengo la sensación de que te excitas con poco.

–Te sorprendería lo sibarita que es mi paladar sexual, señorita Scott.

Era cierto. Después de aparecer en varias portadas durante su juventud, se había prometido tener más cuidado con sus relaciones y ser sincero con las mujeres. Sus aventuras siempre eran breves y dulces. Sin emociones. Ni compromisos. Nunca.

Solo la palabra compromiso le ponía los pelos de punta.

Dedicaba su vida a pilotar y las mujeres solo lo ayudaban a darle un poco de sabor.

No podía pensar en formar una familia cuando viajaba constantemente, salía mucho de fiesta y arriesgaba su vida.

–¿Sibarita? –repitió Serena con incredulidad, clavando sus ojos grises en él–. Será mejor que reconduzcamos esta conversación. ¿Dónde tienes el casco y los guantes?

–Ni idea. Sé buena chica y ve a buscármelos, anda –le dijo Finn en tono divertido.

Ella hizo una mueca con sus deliciosos labios y una capa de sudor cubrió el cuello de Fin.

–No te pases, Finn. Estoy segura de que hoy no quieres sacar lo peor de mí.

Él se acercó más para hablarle al oído y disfrutó al ver que a Serena se le aceleraba la respiración.

–Me encantaría sacar cualquier cosa de ti, Seraphina. Sobre todo, después de probar tus deliciosos labios.

Retrocedió y se relamió.

–En tus sueños.

–Siempre –respondió él.

Serena suspiró y se metió en el garaje, donde empezó a hablar con mecánicos e ingenieros.

«Eso, aléjate de mí lo máximo posible», pensó Finn.

Luego vio por el rabillo del ojo que se acercaba a él un grupo de periodistas, así que agachó la cabeza y entró también al garaje, donde chocó de repente contra un casco.

–Toma –le dijo Serena, poniéndole un par de guantes en la otra mano.

Él se quedó sorprendido. Había visto a Serena darle los guantes y el casco a Tom muchas veces. Y murmurarle algo al oído que jamás había conseguido oír.

También había esperado siempre a su hermano a la llegada, hubiese ganado o no. Había corrido hacia él y lo había abrazado cariñosamente, con admiración en la sonrisa y confianza en el corazón.

En otras ocasiones, Finn había sentido envidia, pero en esos momentos volvió a sentir culpabilidad. Serena no podría volver a abrazar a Tom. Pensó que podía abrazarlo a él y se reprendió inmediatamente.

–Eh, ¿estás aquí? –le dijo ella, chasqueando los dedos delante de su cara–. Pareces perdido. ¿Hay algo por lo que deba preocuparme?

Él sonrió por inercia.

–¿Te preocupas por mí, nena?

–No, me preocupo por el coche que vas a destrozar para perder el campeonato. ¿Has dormido algo?

Aunque no fuese lo normal, había conseguido dormir un par de horas sin tener pesadillas, soñando solo con su nueva jefa. Algo típico en él, que siempre quería lo que no podía tener. Le encantaban los retos.

–Un par de horas, gracias –respondió–. Es sorprendente lo que es capaz de conseguir una sensual fierecilla.

Ella se quedó boquiabierta.

–¿Quieres decir que después de que me marchase estuviste...?

Él negó con la cabeza. Serena pensaba que estaba hablando de otra mujer.

¿Cómo era posible que hubiese crecido rodeada de hombres y no fuese consciente de su atractivo? Era como si le faltase seguridad en sí misma. Y deseó poder demostrarle el efecto que tenía en él.

«Eso es demasiado peligroso, Finn. Súbete al coche, gana la carrera, demuéstrale que eres un hombre nuevo y deja que vuelva a Londres».

Intentó convencerse a sí mismo, pero no lo consiguió. Sabía que Serena también se sentía atraída por él, pero que era una mujer inteligente y con sentido común, y que, además, lo odiaba.

–Después de que tú, sensual fierecilla, te marchases, me fui a dormir. Solo.

Ella se limitó a mirarlo.

Él estudió el brillo de la luz en su rostro y en su pelo y se estremeció.

–¿Por qué haces eso? –le preguntó Serena con frustración.

–¿El qué? ¿Temblar?

–¿Por qué dices cosas que no piensas?

–¿Quién ha dicho que no las pienso?

Ella resopló.

–Sé que siempre has dicho de mí que soy demasiado masculina.

–Pero eso no impide que me resultes sexy.

De hecho, era la mujer más sexy que había visto en toda su vida. Recorrió con la mirada su cuerpo y la recordó vestida de motorista, con las botas ajustándose a sus piernas a la perfección.

–¡Para ya!

–No te gusta.

–No. No me gusta.

¿Por qué? ¿Era porque le molestaba la extraordinaria química que había entre ambos? ¿O porque la tenía con el hombre que le había robado la felicidad?

Finn volvió a sentirse culpable, pero, aun así, añadió:

–¿Por qué no aceptas el cumplido, nena? Está hecho con toda sinceridad.

Ella se cruzó de brazos y levantó la barbilla.

–Los cumplidos que tienes en tu repertorio no significan nada para mí. Lo único que quiero es que hagas tu trabajo.

Menuda puñalada. Se la merecía.

Ella arqueó una ceja y Finn se preguntó si no se le habría notado en la cara lo que sentía. Supo que no podía hacer ningún movimiento en falso con aquella mujer.

–Mira, Finn –le dijo esta, suspirando–. Sé que quieres ganar esta carrera y que el título ha sido tuyo durante cuatro años, pero sales de los últimos... Me parece demasiado arriesgado que intentes ganar. No creo que nadie lo haya hecho nunca. Así que intenta solo terminar en una posición decente y volver con el coche entero, ¿de acuerdo?

Por un momento, Finn pensó que estaba un poco más pálida que antes y sintió calor por dentro. Entonces se dio cuenta de que solo le importaba el coche. Y se dijo que era un idiota.

–Sí, jefa –le respondió.

–Bien –dijo ella, a pesar de que había cinismo en su mirada–. Ahora súbete a ese coche y déjanos ver la magia de St George.

«Aléjate, Finn. Aléjate y deja de jugar con ella. ¡Jamás vas a tenerla!».

–¿Crees que soy capaz de hacer magia?

–Creo que tienes talento en la pista, sí.

–Mis talentos...

–Si vas a hablarme de las payasadas que haces en tu dormitorio, ahórratelo.

Finn arqueó una ceja.

–No iba a decir nada de eso. Qué mente más calenturienta tienes.

–Mentiroso –rugió ella como una tigresa.

Y él retrocedió y estuvo a punto de perder el equilibrio.

¿Cómo era posible que aquella mujer le hiciese sentirse vivo después de muchos meses? Le hacía sonreír con malicia y excitarse como no lo excitaba ninguna otra mujer.

Ella frunció el ceño y levantó un dedo.

–No me gusta esa sonrisa, Finn. No me gusta nada. Sea cual sea la treta que vas a utilizar...

–Confía en mí, nena –le dijo él, guiñándole un ojo antes de acercarse al coche–. Confía en mí.

Finn creyó haber oído que ella murmuraba algo así como:

–Ni muerta.

Y sonrió.

Después respiró hondo y se concentró en el olor a goma caliente y a humo, que eran tan adictivos como la pelirroja con la que acababa de hablar.

Diez minutos después estaba sentado detrás del volante, preparado para salir.

Le daba igual la posición en la que fuese a salir. Aquella carrera era suya.

Que confiase en él. ¿Cómo iba a confiar en él?

–¿Qué demonios está haciendo?

Era como esperar, literalmente, a que estrellase el coche.

–Ese tipo es un fenómeno –comentó uno de los mecánicos.

–Yo diría que es un loco –replicó Serena entre dientes.

«Como te mates, no te lo perdonaré jamás», pensó.

Luego se preguntó si era porque todavía no había conseguido sacarle la verdad acerca de la muerte de Tom. Tom, que en esos momentos debía haber estado allí, corriendo. Haciendo lo que más le gustaba.

Se sintió mal. Su hermano había sido demasiado joven para morir. Y, a pesar de todo, Finn también lo era.

Tuvo que tragar saliva antes de poder hablar.

–¿Dónde está Jake? –preguntó.

–Aguantando en quinta posición.

Se sintió aliviada. Entonces vio a Finn colocarse tercero.

–No me lo puedo creer –dijo, casi sin aliento, aturdida.

–Yo sí –comentó su padre, que acababa de llegar a su lado y tenía la vista clavada en la misma pantalla que ella–. No sé qué le has dicho, Serena, pero ha funcionado.

–Solo le he dicho que era su nueva jefa.

Michael Scott la miró.

–¿Qué?

–Ha funcionado, ¿no? –respondió ella, sabiendo que eso no tenía nada que ver con Finn.

Este bailaba a su propio son y tenía sus propios planes. Y Serena sabía que sus accidentes tenían algún motivo oculto. No obstante, en esos momentos no podía estar más concentrado.

–Se está poniendo el segundo y solo queda una vuelta, pero va a ser muy dura.

Ella resopló.

–No quiere perder Mónaco –comentó, metiéndose las manos en los bolsillos traseros de los vaqueros para ver el último minuto de la carrera en la pantalla.

Se maldijo, iba a conseguirlo...

Y ella no pudo evitar sentir admiración. Aquel hombre era increíble.

–Medio segundo. ¡Increíble! –gritó alguien.

Serena se sintió aliviada y se relajó.

El equipo empezó a corear el nombre de Finn, todo el mundo salió corriendo hacia el coche y Michael Scott, que no la había abrazado desde que Serena tenía catorce años, se giró, la tomó en volandas y la hizo girar.

Ella imaginó que así era como se sentían las bailarinas. Bellas y delicadas. Nada que ver con ella. Y antes de que le diese tiempo a abrazarlo también, a demostrarle su cariño, su padre la soltó y corrió a la pista.

Ella intentó recuperar el equilibrio y se dijo, por enésima vez, que no debía sentirse decepcionada. Que no debía enfadarse con él por no querer tener una relación más cercana. Su padre era así. Solo sabía tratar con chicos.

«Venga, Serena, haz algo, muévete. Los chicos no lloran», le había dicho muchas veces.

Y eso hizo.

Pero sola. Sintiéndose... perdida. Con la desagradable sensación de que se le estaba olvidando algo.

Ah. Aquel era el momento en el que ella salía corriendo a abrazar a Tom.

Se llevó la mano a la boca, apretó los dientes y notó cómo se le escapaba un sollozo. ¡No!

No tenía que haber vuelto allí. Tenía que haberse quedado en Londres...

Respiró hondo varias veces. Y entonces vio entrar a Finn en el boxer, sudando, y con una expresión indescifrable en su rostro, casi como si le hubiese leído el pensamiento, pero eso era imposible.

Serena intentó calmar sus nervios mientras él se acercaba y abría los brazos.

–¿Qué te ha parecido, nena?

–Me ha parecido que de aquí al final de la temporada voy a tener que tomar mucha medicación. Menuda responsabilidad.

–Entonces, ¿no vas a querer quedarte conmigo? Me acabas de romper el corazón –comentó él, llevándose la mano al pecho.

–Venga, Finn, ambos sabemos que no tienes de eso. Siempre sigues los mandatos de otra parte muy distinta de tu cuerpo.

Él sacó la lengua y se humedeció los labios antes de preguntar:

–¿Piensas en esas partes de mi cuerpo?

Serena se echó a reír. Finn era incorregible. Lo odiaba.

–Pienso en muchas partes de tu cuerpo: sobre todo, en tu cuello. Me encantaría estrangularte.

Él sonrió con seguridad y Serena se reprendió porque no podía evitar que la excitase aquella sonrisa.

–¿Habías venido a algo? –añadió–. Has abandonado a tus fans.

–No, solo quería... –respondió él, levantando una mano y frotándose la mandíbula.

–¿Qué? –murmuró ella, distraída con una pequeña cicatriz que no había visto nunca antes, justo en la raíz del pelo.

–Solo quería oírte decir que soy increíble.

–Pues sigue soñando.

–No te preocupes, lo haré –le dijo él en tono sugerente.

Y Serena no pudo evitar sentirse transportada a su yate, a su beso. Notó calor en el vientre, se estremeció.

Estaba loca. Loca de atar.

Él se dio la media vuelta para salir de nuevo.

–Por cierto, esta noche tengo que hablar contigo –le dijo Serena a sus espaldas.

Él se detuvo un instante antes de salir a la luz.

–¿Ya te quieres despedir?

Serena inclinó la cabeza.

–¿Por qué iba a hacer eso?

–Porque he ganado la carrera. Convenceré a los patrocinadores durante la cena. Y habré evitado el desastre.

¿Por eso se había esforzado tanto en ganar? ¿Para deshacerse de ella? No. Debía de ser porque ganar era su prioridad. Salvo que estuviese ocultando algo todavía más importante.

Con el corazón acelerado, le dijo:

–No me voy a ir a ninguna parte.

Se miraron a los ojos e iniciaron una especie de batalla que Serena no tenía intención de perder. Estaba allí para quedarse.

–Por desgracia, señorita Scott, esta noche tengo una cita. Con mi buen amigo Black Jack. No sé si querrás unirte...

–¿Vas a ir al casino? No te acompañaría ni muerta.

Y él sonrió como si hubiese sabido que esa iba a ser su respuesta.

–En ese caso, tendremos que hablar en otro momento, belleza.

Serena no iba a ir al casino, que era un lugar al que todas las mujeres iban vestidas como si estuviesen en venta. No lo habría hecho ni por amor ni por dinero. Ni siquiera tenía un vestido.

No, tendría que intentar hablar con él antes.

Capítulo 5

FINN no perdió el tiempo, pidió un favor y consiguió una suite en el casino más exclusivo de la ciudad, donde se reunía la gente más glamurosa y elegante, y se compró un esmoquin en una de sus tiendas.

En general, hacer de Casanova solía ser mucho más interesante que ser él mismo. Además, había tenido que alquilar la habitación por necesidad, porque había conseguido vender el barco.

Su plan era pasearse por el casino con un par de chicas, gastar dinero en un par de mesas, bailar hasta tarde y después irse a dormir. Era un plan estupendo, pero él no se sentía precisamente entusiasmado.

«Es todo culpa de Seraphina».

Se preguntó si, justo después de la carrera, había entrado en el boxer solo para verla. Tenía la sensación de que sí.

Era la primera vez que dejaba a su enfervorizado público para ir a ver a una mujer.

«No te preocupes, son los efectos de la culpabilidad».

Sabía que Seraphina echaba de menos a su hermano y que todavía no había superado su muerte.

En esos momentos, sentado en el bar del casino, levantó la copa de tequila que tenía delante y se la llevó a los labios con la esperanza de que el alcohol le hiciese cambiar de humor.

Se dejó llevar por el seductor sonido de la música.

La cantante era una belleza francesa con una voz deliciosa, y cuando posó sus ojos en él con interés, Finn apretó la copa con tanta fuerza que la rompió. ¿Qué estaba haciendo allí? Habría vendido su alma por poder ser otra persona solo un día, una noche...

Notó que se le erizaba el vello de la nuca.

Dejó la copa rota encima de la mesa y miró con disimulo a su alrededor. Cuando llegó al arco que daba al principal salón de juegos, todo su cuerpo estaba en tensión y su corazón latía con fuerza.

Era la misma sensación que había solido tener en la parrilla de salida. Una sensación que había perdido mucho tiempo atrás.

En ese momento, la había recuperado al ver a una pelirroja avanzando por el recibidor.

Finn se puso en pie. ¿Qué estaba haciendo allí su fierecilla? ¿Lo estaría buscando?

Salió del bar y miró hacia la izquierda, donde estaba la puerta de entrada, y después hacia la derecha, donde la vio desaparecer al torcer una esquina.

Cuando consiguió llegar a ella, estaba delante de una puerta, con la mano levantada.

–¿Has venido al casino para ir al cuarto de baño, Seraphina? ¿Hay algún problema con los baños del yate de tu padre?

Ella se quedó inmóvil y apoyó la mano en la puerta. Él observó su rostro y se dio cuenta de que no llevaba maquillaje, pero su belleza natural era arrebatadora.

Serena tomó aire, se giró y cruzó los brazos sobre el abrigo negro que llevaba puesto. Luego arqueó una delicada ceja.

–Cuando una chica tiene que ir al baño, es que tiene que ir al baño.

–Tienes razón.

Finn se dio cuenta de que tenía que deshacerse de ella. Estaba enfadada, no, furiosa, y él quería quitarle aquella expresión de la cara con un beso en los labios.

–Podrías haberme contado que habías vendido tu burdel flotante, porque he ido allí a buscarte.

Ah.

–Lo habría hecho si hubiese sabido que ibas a ir a verme, nena. Ya sabes que me encanta que... charlemos.

No pudo evitar sonreír. Sonrisa que amplió todavía más al ver que ella lo miraba de arriba abajo y se estremecía.

–¿Voy bien para tu gusto, señorita Scott? –le preguntó.

Ella hizo una mueca.

–¿Qué te parece si cenamos? –añadió.

Era una idea horrible, pero Finn no había podido evitar hacer la proposición. Tenía la sensación de que tenía que alimentar aquellas pequeñas curvas.

–¿Juntos?

–Me parece que eres un poco lanzada, pero, bueno, sí, acepto.

Ella se quedó boquiabierta y sacudió la cabeza con incredulidad, como si se hubiese vuelto loco.

–¿Has ido a alguna escuela para conseguir convertirte en la persona más insoportable y arrogante del mundo?

–Lo cierto es que...

Una rubia alta, vestida con un minúsculo vestido rojo, surgió de la nada y señaló la puerta del baño. Finn contuvo su irritación al mirarla y se calmó también con Serena, que había agachado la cabeza y su maravillosa melena le ocultaba el rostro.

Él la agarró del brazo y la llevó por el pasillo hacia una parte menos iluminada.

–Eh, ¿estás bien?

–Estupendamente.

Se zafó de él y se cruzó de brazos otra vez.

Era evidente que no quería estar a solas con él. Aunque en su habitación del barco había estado bien. Solo le había pedido que encendiese las luces.

–¿No te gusta la oscuridad? –le preguntó él, recordando que Tom le había pedido que la protegiese, le había dicho que ya había sufrido suficiente.

Ella se mostró avergonzada.

–¿Entonces es eso? No pasa nada. A mí tampoco me gusta. Cuando era niño solía meterme en la cama con mi madre si se iba la luz. Menudo Spider Man de pacotilla.

Ella parpadeó varias veces hasta que su rostro se empezó a relajar.

–¿Spider Man? ¿Tenías el disfraz y todo?

–Por supuesto. Y el aparato de lanzar telarañas.

Ella esbozó una sonrisa y Finn deseó que sonriese todavía más.

–¿Tú tenías un tutú o el vestido de Blancanieves? Mi hermana pequeña lo tenía todo.

Serena rio.

–Ese tipo de disfraces no eran adecuados para estar en un garaje.

Y Finn dejó de pensar de repente.

Serena había estado siempre rodeada de hombres, en un mundo de hombres. No había tenido madre, Michael Scott le había contado que había fallecido al dar a luz, ni tampoco tenía hermanas.

–¿Ha habido alguna mujer en tu vida? –le preguntó.

Ella se encogió de hombros e hizo un pequeño puchero.

–Solo las acompañantes de mi padre.

–Ah. Ya entiendo. Te sientes incómoda cuando estás con mujeres.

–¡No! –respondió ella, poniéndose a la defensiva.

Finn arqueó una ceja y ella suspiró.

–No sé qué decirles, eso es todo –admitió–. No tenemos nada en común.

–¿Nunca has tenido amigas? –preguntó Finn, al que aquello le parecía muy extraño.

–No, la verdad es que no. Tom y yo estudiamos a distancia y no solía haber niñas por el circuito.

Finn mantuvo su expresión neutral, consciente

de que Serena no querría su compasión. No obstante, no pudo evitar pensar en su hermana, siempre rodeada de amigas y con madre. Prefirió no pensar en cómo habría sido la adolescencia de Serena.

Le sorprendía que hubiese salido adelante sin mujeres en su vida. ¿Le habrían permitido al menos que fuese una niña? ¿Y por qué el tema lo enfadaba tanto? No tenía ninguna relación con ella, que lo único que sentía por él era odio.

–Entonces, ¿tienes una hermana? –le preguntó Serena en voz baja.

Él volvió a sentirse culpable. Seguía teniendo a Eva, mientras que Serena ya no tenía hermano.

–Sí, se llama Eva.

Eva, que había sufrido mucho con la muerte de su madre. ¿Y qué había hecho él? Darle la espalda, a ambas, e ir en busca de sus sueños.

Y él no había sido el único en fallarle. Su padre, el gran Nicky St George, una leyenda pop de los ochenta, también la había dejado para buscar consuelo en otras camas calientes. Y Finn seguía sin creer que un buen hombre, su héroe de la infancia, hubiese podido romperse así de dolor. Y a pesar de que seguía enfadado con él, no podía odiarlo porque, en el fondo, él había sentido el mismo dolor.

Aun así, su hermana pequeña lo quería. Era todo bondad frente a su egoísmo.

Eva. Eva sería perfecta para Serena. La mejor manera de conocer a una mujer de las mejores que había...

Finn detuvo en seco sus pensamientos.

Sería peligroso, presentar a Serena y a Eva. Ambas podían malinterpretarlo. Hasta él podría malinterpretarlo. Lo que quería era deshacerse de Serena, no encontrarle amigas. ¿Qué demonios le pasaba?

–Por aquí –le dijo, llevándola hacia otra puerta.

Entraron en una de las pequeñas salas de juego privadas que había en el casino. Él se apoyó en el brazo de un antiguo sofá color verde esmeralda y le preguntó:

–¿Qué te apetece cenar?

Ella arrugó la nariz.

–Antes preferiría morirme de hambre.

–Veo que cambias de canción muy rápidamente, hace unas horas me dijiste que no vendrías al casino ni muerta.

Ella hizo una mueca con sus deliciosos labios y lo fulminó con la mirada.

–¿Por qué no empiezas por contarme por qué me estás evitando? –le preguntó.

«Porque no puedo contarte lo que quieres oír».

–Porque cada vez que te miro quiero hacerte el amor a tu preciosa boca. Es adictiva –admitió–, pero tú no quieres, ¿verdad, Seraphina?

–No, por supuesto que no.

–En ese caso, te aconsejo que guardes las distancias, porque antes o después volverá a ocurrir lo que ocurrió anoche.

Era solo cuestión de tiempo. Aunque Serena no lo quisiese creer.

Esta se ruborizó ligeramente y Finn supo que también estaba pensando en el beso.

–No pretendo tropezar con la misma piedra dos veces –contestó ella, marchándose.

Él juró en silencio, se incorporó y la siguió.

Con aquel abrigo tres cuartos, que le llegaba justo por encima de la rodilla, parecía una profesora remilgada. Aunque tenía las rodillas muy sexys y unas maravillosas pantorrillas. Con respecto a sus pies...

Finn apretó la mandíbula y sonrió.

Estaba deseando ver qué más llevaba debajo del abrigo.

–¿Quieres jugar, señorita Scott? ¿Quieres probar suerte?

–No, gracias. Me temo que no creo en la suerte.

–Voy a hacer un trato contigo –le dijo él, sabiendo que era arriesgado–. Si haces algo por mí, te concederé un deseo. Siempre y cuando esté en mi mano cumplirlo.

Ella volvió a levantar la barbilla y lo miró con escepticismo antes de tenderle la mano.

–Trato hecho.

–Enséñame lo que llevas debajo del abrigo.

–¿Qué?

–Ya lo has oído, ábrete el abrigo y enséñamelo.

Finn se sintió invadido por un caos de emoción y energía.

No tenía ni idea de lo que estaba haciendo. Lo único que sabía era que perdía el control y el sentido común cuando la tenía cerca.

Serena cerró los ojos, respiró hondo.

Y él se dijo que debía parar aquello, pero añadió:

–Un trato es un trato, señorita Scott. Y no creo que seas de las que no cumplen con sus promesas.

Ella se llevó las manos al cinturón y Finn apretó los dientes mientras se lo desabrochaba.

Se fue desabrochando también los botones y luego agarró los bordes del abrigo.

Luego suspiró, puso los ojos en blanco y se abrió las solapas.

–¿Contento?

–Feliz.

Solo ella era capaz de ir a uno de los casinos más elegantes del mundo con unos vaqueros cortos y una camiseta, aquella azul clara, con dos buceadores y el mensaje: *Mantén cerca a tus amigos y todavía más cerca a tus anémonas.*

Y así, sin hacer ningún esfuerzo, consiguió alegrarle la noche.

–¿Qué es lo que me ha delatado? –preguntó Serena.

Él señaló hacia abajo.

–Los pies.

Ella bajó también la mirada.

–¿Qué les pasa a mis pies? –inquirió con el ceño fruncido–. ¿Y por qué sonríes así?

–Es la primera vez que te veo sin botas de motorista.

–¿Y? –replicó–. Estos zapatos me los dio una de las examantes de mi padre. Y es la primera vez que me los pongo.

Finn se dio cuenta de que no solo se sentía incómoda con otras mujeres, sino que se sentía completamente fuera de lugar en lugares lujosos. No obstante, había ido allí a buscarlo.

Era bella y valiente. Y él nunca la había deseado tanto, pero eso solo podía causarle problemas.

–Voy a preguntártelo otra vez –gruñó Serena–. ¿Qué tienen de malo mis pies?

–Nada, nena, son muy monos –le dijo Finn, que no quería hacer que se sintiese peor.

–¿Muy monos? –espetó ella–. Los gatitos son monos. Yo no soy mona. Y deja de llamarme nena. ¡Me pone de los nervios!

–Dime la verdad, te encanta. Cada vez que te lo digo, un maravilloso rubor ilumina tu rostro.

Lo que más enfadaba a Serena era que, en realidad, estaba empezando a gustarle, y no quería que nada de lo que aquel hombre le dijese le gustase.

–No seas ridículo –protestó–. Ahora me toca a mí. Quiero...

Se interrumpió al verlo apartarse del sofá y acercarse a ella. Finn tenía la intención de jugar limpio, pero en esos momentos tenía que distraerla. Si intentaba volver a besarla, ella le daría una bofetada o echaría a correr. Cualquiera de las dos cosas le valía.

Cuando se detuvo justo delante de ella, Serena levantó la cabeza y él bajó la vista a su cuello.

–Apuesto a que ni siquiera sabes que tienes un escote precioso, muy elegante –le dijo, pasando un dedo por su garganta–. Y que tu piel es de un color melocotón perfecto.

–Deja de decirme esas cosas, Finn.

Él siguió bajando por su pecho con los nudillos, y cuando llegó al ombligo, gruñó.

–¿Qué... qué pasa?

Finn cerró los ojos.

–Que necesito verlo.

–¿El qué?

–Ya lo sabes, tu vientre.

–Solo si me dices qué les pasa... a mis pies –respondió ella con voz temblorosa.

–No les pasa nada. Nada en absoluto. Son bastante pequeños... Creo que a esos zapatos los llaman bailarinas, ¿no?

–¿Sabes que mientes muy mal?

–Está bien, vas en zapatillas de casa.

Serena puso gesto de horror y, de haber sido cualquier otra mujer, Finn supuso que se habría echado a llorar.

–¿De verdad?

–Son muy monas –añadió él enseguida–. Como de leopardo...

–Me niego a sentirme como una tonta solo porque sepas más de cosas de mujeres que yo, porque has estado con muchas.

–Eso es verdad –respondió él, que no quería que se sintiese como una tonta, sino que le enseñase el ombligo.

–Bueno, está bien. Echa un vistazo, pero antes quiero que sepas que me da igual tu opinión.

–Mentirosa.

Serena se levantó la camiseta con una innata feminidad que ni siquiera sabía que poseía.

Finn miró y juró entre dientes. Y, sin poder evitarlo, se inclinó y pasó la lengua por el pendiente que llevaba en él. Le pareció delicioso.

–¿Tienes más pendientes? –preguntó después.

–No, no tengo más... pendientes –balbució ella.

–Pero tienes otra cosa, ¿verdad?

Ella guardó silencio.

–Venga, dímelo –le pidió, incorporándose y quedándose muy cerca de ella.

¿Cuándo había sido la última vez que se había sentido así? ¿Cuándo había sido la última vez que había pensado en otra cosa que no fuese Singapur?

Enterró la mano en su pelo, se acercó un poco más y la besó suavemente.

Y ella se derritió por dentro. No había otra palabra para describir aquella sensación.

Finn la apretó contra la pared y profundizó el beso. Necesitaba más contacto, más intimidad, necesitaba que Serena lo acariciase y sentir su piel...

En ese momento se abrió la puerta y se oyeron varias voces masculinas. Ellos se separaron al instante. Serena estaba visiblemente nerviosa y él también. ¿Y cuándo había sido la última vez que se había sentido así?

–Vamos –le dijo.

Iban hacia la puerta cuando uno de los hombres se echó a reír y se sentó a una mesa.

Serena se detuvo de golpe y clavó la vista en la espalda del hombre. Palideció completamente.

–¿Qué pasa, nena? –le preguntó Finn en un murmullo.

Ella echó a andar a toda prisa y salió de la habitación.

Cuando Finn cruzó la puerta, la vio correr por el pasillo.

–Serena, espera. ¡Espera!

La alcanzó y se colocó delante de ella para detenerla.

–Mírame. Háblame. ¿Conocías a ese tipo?

–No –respondió ella, agarrándose con manos temblorosas a la solapa de su esmoquin e inclinándose hacia él, como si necesitase desesperadamente algo de cariño.

Él la abrazó instintivamente.

–¡No! –dijo entonces Serena–. Suéltame, Finn. Ahora mismo.

Parecía arrepentida, avergonzada por desearlo, horrorizada por haberlo besado.

Y él lo entendió porque sabía que le había causado mucho dolor, y se odió más de lo que nunca se había odiado.

Capítulo 6

SERENA oía voces y veía cosas. Tenía que ser su imaginación, porque aquella risa estaba muerta y enterrada, pero la había oído.

Tomó aire e intentó calmar los latidos de su corazón antes de volverse completamente loca y abrazar de nuevo a Finn.

La noche no podía ir peor. No había sido buena idea ir a buscarlo. Su manera de reaccionar ante él era ridícula. No era la primera vez que besaba a un hombre que le gustaba, pero nunca antes había sentido tanto calor.

No obstante, se dijo que no debía ser tan dura consigo misma ni debía sentirse tan humillada. Al fin y al cabo, Finn St George gustaba a todas las mujeres.

Ella era solo una más.

La idea de estar convirtiéndose en una mujer como las demás le dio náuseas.

–No vuelvas a tocarme en la vida –le advirtió, a pesar de saber que no era justo.

–Entendido –respondió él, apretando la mandíbula.

–Ahora, tengo que irme. Nos veremos mañana –dijo, rodeándolo y alejándose con paso firme.

–Te acompañaré hasta el puerto –respondió Finn, poniéndose a su lado–. No hay discusión.

Era la segunda vez que le hablaba de manera protectora y a Serena le gustó muy a su pesar.

Recordó aquella risa fría, oscura, y dijo:

–De acuerdo.

Porque en realidad se sentía mucho más segura con Finn a su lado.

Atravesaron las calles acompañados por el sonido de los zapatos de Finn y los sensuales susurros de las parejas que paseaban de la mano.

Como siempre, verlas entristeció a Serena y le hizo desear algo que jamás tendría.

De repente sintió frío y se abrazó, y cuando llegaron al puerto se dio cuenta de que quería pedirle a Finn que se quedase allí.

–Gracias por acompañarme. Ya puedo ir sola hasta el barco –dijo en su lugar.

–¿Estás segura? ¿Puedo hacer algo más por ti, Serena? ¿Quieres algo?

Ella pensó que estaba siendo cruel.

–Lo único que quiero en estos momentos es a Tom. Era algo más que mi hermano... era mi amigo.

Y no quería estar sola.

«Pero estás sola y siempre lo estarás. Lo que no te mata, te hace más fuerte».

–Lo sé –le dijo él en voz baja, profunda, y también triste–. Créeme que lo sé.

Era una voz que Serena no había oído nunca antes. Una voz que le hizo preguntarse qué era lo que atormentaba a aquellos bonitos ojos azules.

–Haría lo que fuese para retroceder en el tiempo y negarme a que Tom me acompañase. No sabes cuántas veces he deseado haberlo hecho.

Ella se tambaleó casi como si la hubiese golpeado.

Se dio cuenta de que Tom había tomado la decisión de seguir a su héroe. Y Finn había permitido que lo hiciera.

La vida estaba hecha de decisiones y opciones, unas buenas y otras, malas. Unas que afectaban solo a la persona que las tomaba, y otras que afectaban también a sus seres queridos. En todo caso, todas forjaban a la persona.

Serena había tomado muchas decisiones en su vida y había una que lamentaba por encima de todo. Una decisión que había afectado a la vida de su padre y también a la de Tom, hasta el día de su muerte. Una decisión que había tomado cuando era solo una niña.

Ella también habría retrocedido en el tiempo si hubiese podido.

Pero vivía con el sentimiento de culpa e intentaba controlarlo. Y lo reconocía cuando lo veía en otras personas. En esa ocasión lo vio en Finn.

–¿Finn? –le dijo–. Oh, Finn, mi hermano te caía bien, ¿verdad?

También estaba sufriendo su pérdida.

Él se metió los puños cerrados en los bolsillos de los pantalones y miró hacia el mar.

–Era un buen chico.

Serena se dio cuenta de que era su oportunidad y le rogó:

–Cuéntame lo que ocurrió esa noche. Tu versión. Por favor. Mi padre no deja de decir que hubo una tormenta y que se cayó por la borda a medianoche, pero yo he buscado información y no he encontrado nada acerca de una tormenta.

Finn cerró los ojos un instante.

–Fue algo... inesperado. No hay nada más que contar.

–Pues yo tengo la sensación de que sí.

–Porque todavía no lo has superado –le dijo él, pasándose las manos por el pelo con frustración–. Tienes que hacerlo para quedarte tranquila, Serena.

–¿Tranquila? No sé lo que es sentirse tranquila. Nunca me he sentido así –respondió ella, frotándose los antebrazos porque tenía frío.

Finn la estudió con la mirada. Notó que la ira crecía en su interior.

–¿Alguien te ha hecho daño en el pasado? –le preguntó de manera casi salvaje.

Serena se dio cuenta de que quería protegerla.

Y no debía gustarle, pero le gustó.

–¿Serena?

–Yo... –se mordió el labio para evitar contarle sus secretos.

La idea era ridícula.

–Sinceramente, Finn, no soy de las que se obsesionan con el pasado.

No quería recordar su época más ingenua y débil. No quería que Finn sospechase que era nada de eso. Se negaba a ser vulnerable delante de él. Delante de cualquier hombre.

Además, lo había superado. Después de haber visto la parte más oscura del mundo con catorce años, le costaba confiar en los demás. Y a pesar de no querer que su pasado la definiese, era cierto que nunca había logrado abrirse tanto a alguien como para tener una relación.

–Ni tampoco de las que se dejan molestar.

–Esa es mi chica –respondió él, esbozando una sonrisa.

Sus miradas se cruzaron y Serena tuvo la extraña sensación de que su relación se estrechaba.

Entonces, sin saber por qué, le confesó:

–Cuando te miro quiero echarte la culpa de todo, odiarte.

Porque era más fácil culpar a Finn que aceptar que había sido un trágico accidente.

–Pero entonces me siento culpable –añadió–. Porque Tom me pidió que saliese con él esa noche y yo le dije que no.

Había sido muy egoísta. Como no le gustaba socializar, le había dicho a su hermano que saliese solo y se divirtiese.

–Si yo hubiese salido con él, no te lo habría pedido a ti –continuó, sintiéndose fatal–. Fui una cobarde.

Finn se acercó a ella y le apartó un mechón de pelo de la frente con tal ternura que a Serena se le encogió el corazón.

–No puedes sentirte responsable de los actos de otra persona, nena. Tom era lo suficientemente mayor para tomar sus propias decisiones.

–En ese caso, tenía que haberlo convencido para

que aprendiese a nadar –insistió ella con la voz quebrada.

–Tampoco puedes obligar a nadie a hacer cosas que no quiere hacer. ¿De verdad piensas que a Tom le gustaría que te sintieses culpable?

–No –susurró ella.

A Tom no le habría gustado nada verla así. Ni le habría gustado ver cómo trataba a Finn, que había sido su héroe.

–¿Cómo ocurrió? –preguntó–. ¿Estabas allí? Lo único que quiero saber es que no sufrió.

Él apretó la mandíbula un instante y retrocedió.

–Yo estaba... dormido. Ocurrió en mitad de la noche.

Serena vio dolor y culpa en su rostro y no lo pudo soportar.

Temblando, tomó su mano. Después de tantos meses de desesperación y soledad, necesitaba compartirlo. Reconfortar y ser reconfortada.

Finn retrocedió.

–Ya te lo he advertido una vez esta noche, Serena –le dijo en tono hosco–. Si me tocas, me pierdo. No voy a poder evitar desear más.

–No... te entiendo –le dijo Serena–. ¿Sigues intentando distraerme o algo así? Porque estás perdiendo el tiempo, Finn. No voy a marcharme a ninguna parte.

Él se frotó la frente como si le doliese la cabeza.

–Estoy empezando a darme cuenta.

–Bien, aunque sigo sin entender que quieras algo más de mí. No soy...

Finn la miró fijamente.

–Eres la mujer más bella y sexy que he conocido en toda mi vida.

–Quería decir que no soy una mujer como las demás, no soy femenina ni nada de eso...

–Por supuesto que sí.

–Eh, ¿es que se te ha olvidado ya que voy en zapatillas de casa?

Y que él estaba impresionante con aquel esmoquin.

–Eres única.

–No. Ni lo soy ni quiero serlo –replicó Serena, negándose a descubrirle su vulnerabilidad.

Finn sacudió la cabeza y abrió la boca como si fuese a decir algo. Luego la cerró como si hubiese cambiado de opinión.

–Escucha una cosa: aunque estarías mucho mejor lejos de mí, tendremos que trabajar juntos, porque eres mi jefa. Al menos, hasta el final de la temporada.

Serena se preguntó si eso significaba que se iba a marchar del equipo.

–Lo sé, con respecto a lo de que sea tu jefa...

–Supongo que exageraste un poco, ¿no?

–Supones bien.

–Eres valiente, Serena.

Sus miradas se volvieron a cruzar y ella contuvo la respiración. Deseó conocerlo mejor y odió tener tan poca experiencia con los hombres. Cuando por fin apartó la vista de él, se sintió como si le faltase el aire.

–El caso es que vamos a vernos con mucha frecuencia, y lo que yo propongo es que intentemos no quedarnos solos, salvo que...

–¿Qué?

–Salvo que alguna vez necesites... un amigo –le respondió, frotándose el cuello, incómodo.

Y muy guapo.

–Es lo que has dicho, ¿no? Que también has perdido un amigo. Así que si alguna vez necesitas uno, aquí estoy.

A Serena le pareció que era una idea horrible, pero no se sintió capaz de decírselo.

–Está bien. Trato hecho.

Él asintió brevemente y después se dio la media vuelta para marcharse.

–¿Finn?

–¿Sí?

Serena quiso preguntarle si de verdad le parecía guapa.

–No olvides que me debes un deseo.

Al llegar a su suite, Finn se quitó la chaqueta y la corbata y se tumbó en la cama boca abajo.

Se sentía fatal por haberle ocultado la verdad a Serena.

Había estado a punto de contárselo todo. Había estado a punto de abrazarla para protegerla, de besarla con ternura, apasionadamente, una y otra vez hasta que se sintiese una mujer de verdad.

¿Cómo iba a mantener las distancias si Serena aceptaba su amistad?

El agotamiento y la oscuridad se lo llevaron poco a poco a profundidades en las que solo las pesadillas cobraban vida...

Singapur, septiembre, ocho meses antes

–Venga, despierta, chico guapo –se burló una voz ronca, con acento oriental, penetrando en su mente–. ¿Cómo te encuentras hoy?

Casi no sentía la espalda, después de tantas horas sentado en aquella humedad. Flexionó las piernas, sabiendo lo que iba a ocurrir.

Al fin y al cabo, aquellos tipos eran quienes marcaban la hora, por cierto, con su reloj.

Le habían pagado cuatro millones y medio solo por llevarlo. Dinero fácil.

Exactamente lo que querían aquellos hombres. Y él se las habría arreglado con eso de no haber sido por el chico que estaba en la celda de al lado. Si ese chico no hubiese estado en el lugar equivocado y en el momento equivocado no se habría metido en aquel lío.

Separó la cabeza de la pared de ladrillo y volvió a preguntarse si saldría vivo de allí. Estuviese donde estuviese. En algún lugar cerca del mar, a juzgar por los esporádicos tragos de agua salada que le daban.

Echaba de menos ver el cielo. La luz. El espacio. O, aún mejor, una larga carretera por la que escapar de la realidad. Allí tenía demasiadas horas para pensar en los errores que había cometido en la vida. En los corazones que había roto en su juventud. Había abandonado a Eva y a su madre. ¿Y si no volvía a tener la oportunidad de pedir perdón?

–¿Te pasa algo con la lengua? –le preguntó el guardia.

Sí, le pasaba que llevaba casi dos días sin probar el agua, pero aquel hombre le había preguntado cómo estaba y quería una respuesta.

–Estoy estupendamente. Nunca había estado mejor, gracias a tu hospitalidad.

–Me alegra oírlo –le respondió el guardia, deteniéndose después en la celda del chico–. ¿Y tu amigo?

–Está enfermo. Ni siquiera puede andar, así que déjalo en paz. Al fin y al cabo, a quien queréis es a mí, ¿no? –terminó, sonriendo.

–Es aburrido cuando no se defienden.

–Estoy de acuerdo. Deja que salga de aquí, las vistas son deprimentes.

–¿Finn? –lo llamó Tom en un hilo de voz–. Deja...

–Cállate, chico –le dijo él, estirando las piernas como si no tuviese dos costillas rotas y un hombro dislocado–. Me siento encerrado aquí dentro.

La puerta de su celda se abrió.

–Dale agua.

El guardia sonrió y lo miró como si supiese algo que Finn no sabía. Como si los últimos cuatro días hubiesen sido solo el aperitivo del plato principal.

–Deja al chico en paz, ¿me has oído? O no habrá dinero.

La risotada del guardia hizo que se le encogiese el estómago.

–El chico dice que te deje a ti en paz –respondió el guardia, golpeándolo en la cara–. Muévete.

–Quiero hablar con mi generoso anfitrión otra vez.

–Tus deseos son órdenes para mí.

Aunque Finn lo dudase, diez minutos después estaba sentado en una silla de plástico negro, en un rincón de una habitación que parecía la sala de interrogatorios de una serie policíaca mala de televisión. Pero aquello no era un decorado. La prueba estaba sentada al otro lado de la mesa.

–Vamos a hacer un trueque –le dijo Finn a su captor–. Te daré otros cinco millones si dejas marchar al chico. Ahora.

–Es una buena oferta, señor St George, pero yo estaba pensando en otra cosa.

–Estoy empezando a cansarme de juegos. ¿Qué quieres exactamente?

–En estos momentos, quiero que tomes una decisión, muchacho. La primera de muchas.

Detrás de él se abrió la puerta de hierro con un chirrido y entró una corriente de aire helada. Finn supo que tenía al chico detrás.

–Olvídalo. Te daré otros diez millones si lo dejas marchar.

–No te gusta que nadie lo toque, ¿verdad, chico guapo? ¿Qué hago? ¿Juego con él? ¿O contigo?

–Veinte. Eso hacen sesenta millones en total. La transferencia se hará en la próxima hora. Puedes hacer lo que quieras conmigo. ¿Trato hecho?

Capítulo 7

EL CIELO de Montreal estaba teñido de pinceladas naranjas y rojas, con un toque de amarillo en la curva de la tierra, donde el sol besaba el horizonte.

Su belleza no mejoró el humor de Serena.

–Será mejor que estés aquí, Finn –murmuró mientras se dirigía a su reluciente autocaravana negra.

Las dos últimas semanas, trabajar con él había sido como estar montada en una montaña rusa, pero aquella tarde no la olvidaría jamás.

Finn había vuelto a arriesgar la vida en la pista.

Cada vez estaba peor, corría más riesgos. ¿Por qué? Serena no lo entendía. A no ser que... fuese ella la culpable. Tal vez hubiese sido culpa suya por entrar en su vida y culparlo de la muerte de Tom cuando también era algo que lo afectaba a él.

Sabía que detrás de aquella sonrisa encantadora se escondía un sentimiento de culpa que a ella le resultaba insoportable.

La noche anterior, aburrida, había buscado en Internet información acerca de su hermana Eva y no solo había descubierto que era una mujer bellísima, sino que, además, junto con Finn dirigían una organización benéfica a favor del cáncer de mama, enfermedad que se había llevado a su madre. Otra horrible muerte que debía de haberlo marcado.

También se enteró de que Finn corría todos los años en beneficio de niños enfermos. Y se sintió fatal por los comentarios tan feos que había hecho sobre él.

La puerta de su autocaravana se abrió y apareció él, vestido con un polo rojo y unos vaqueros.

Serena recorrió su imagen con la mirada.

–¿Me das tu aprobación, señorita Scott?

A ella se le aceleró el corazón.

–Sí.

Él esbozó una sonrisa, pero después frunció el ceño.

–¿Qué te pasa? ¿Ha ocurrido algo?

–¿Puedo entrar?

Él dudó, pero contestó:

–Por supuesto.

Ella tampoco lo tenía claro, pero Finn le había ofrecido su amistad. Y tal vez él también necesitase una amiga.

Estaba preocupada por él. Su conciencia le decía que lo ayudase antes de que se hiciese daño de verdad, pero no sabía cómo. Había tratado con muchos hombres, pero por ninguno había sentido la atracción que sentía por aquel.

Tomó aire y lo siguió dentro de la caravana.

–Me gusta. Es la más grande y la mejor. Si no fuese porque estoy harta de oír bromas de hombres, pensaría que quieres compensar la falta de tamaño de otra cosa.

Él sonrió de manera sugerente y a Serena le temblaron las rodillas.

–No te preocupes por eso, te prometo que no tengo ningún problema.

–Te creo –murmuró ella, sin poder evitar recordar la primera vez que lo había visto en calzoncillos, entrando en el baño.

Notó calor y se sintió tan torpe que empezó a enfadarse consigo misma.

–A ti te pasa algo –comentó Finn–. Cuéntamelo, nena.

–Estoy... –miró hacia la puerta antes de continuar–. ¿Furiosa? ¿Colérica? ¿Rabiosa? ¿Frenética?

–¿Te has tragado un diccionario de sinónimos o algo así?

–No, es ese colegio al que fui. Ya sabes, ese al que van las personas más arrogantes e insoportables del mundo.

–Muy graciosa, me estoy desternillando de la risa.

Serena suspiró. Volvió a mirar hacia la puerta. Se preguntó por qué se sentía tan vulnerable.

–Mi padre ha decidido no presentar el prototipo en Silverstone.

–¿Por qué no?

Porque Finn era demasiado arriesgado y problemático como para poner en sus manos un coche tan caro. Y ella no estaba enfadada, no, estaba decepcionada.

–El motivo no importa. Es su decisión. Punto final.

En realidad, solo tendría que esperar al año siguiente y no faltaba tanto.

–La cosa es que tiene compañía y no me apetece hacerme la simpática con ella...

Finn sonrió de medio lado antes de mirar por la ventana, hacia lo lejos, como si acabase de salir de la habitación.

Serena sintió angustia y se mordió el labio inferior. Sabía que había utilizado aquello solo como excusa. Tenía que encontrar la manera de enderezar a Finn.

Si hubiese sido lo suficientemente valiente como para mirar en su corazón y hacer frente a sus propios miedos habría aceptado que la culpa era del destino. Si no, no habría podido besar a Finn con toda su alma. Y si quería ser todavía más sincera, culparlo a él había sido una excusa para odiarlo todavía más. Desde que lo había visto por primera vez, había removido en ella muchas cosas.

Desde niña, había intentado no ser demasiado femenina e incluso había llegado a cortarse el pelo ella sola con nueve años.

Pero Finn siempre despertaba la parte más femenina de ella y Serena no quería que el corazón se le acelerase cada vez que lo tenía cerca, no quería que le temblasen las piernas. Finn era un Casanova.

Lo vio beber agua y clavó la vista en su sensual garganta, y se dijo que había tenido una idea horrible.

–Entonces, ¿puedo quedarme aquí?

–¡No! –respondió él, atragantándose.

–Solo quiero quedarme un rato aquí mientras tú sales de juerga. Quiero utilizar tu casa, ya sabes, como hacen los amigos.

–Tenía pensado quedarme toda la noche en casa.

–Ah.

Pensándolo bien, hacía tiempo que Serena no oía hablar de las juergas o las conquistas de Finn. En parte, quería pensar que se estaba absteniendo de sus habituales fiestas, aunque odiaba sospechar que se estaba encerrando en sí mismo y apartándose del mundo todavía más.

Se maldijo, ¡aquel hombre la estaba machacando!

Finn se frotó la nuca.

–Bueno, puedes quedarte aquí. Un rato.

–Cualquiera diría que te estoy clavando agujas calientes entre las uñas de los pies.

–Esa es más o menos la sensación cuando te tengo cerca y no puedo tocarte.

Hubo un silencio de varios segundos.

–¿Lo dices en serio?

–¿Ya estás contenta?

Tal vez. Prefería saber que ambos se sentían igual. Quizás Finn no le había mentido. Quizás pensase que era guapa, al fin y al cabo.

Eso la animó.

–Estaría todavía más contenta si me dieses algo de comer y me dejases ganarte a la consola.

Cosas de amigos.

–En tus sueños, nena.

Ella tenía la sensación de que allí era precisamente donde iba a tenerlo esa noche. En sus sueños. Lo mismo que la noche anterior. Y todas las noches que alcanzaba a recordar.

–Tienes hasta las diez para demostrarme que puedes ganarme a la consola, luego, voy a salir.

–Ah –dijo ella, pero no hubo decepción en su voz. No.

Finn arqueó una elegante ceja e inclinó la cabeza, como si Serena fuese un puzle que no era capaz de terminar.

–Haremos un trato.

–No me gustan tus tratos. La última vez terminé...

Se le encogió el estómago solo de pensarlo.

–¿Dejándome que te lamiese el piercing del ombligo?

Serena sintió calor por todo el cuerpo al recordar la increíble sensación creada por la boca de Finn en su piel.

–No fue la peor experiencia del mundo.

«Así que puedes volver a hacerlo si quieres». No, no podía. Era una idea horrible, una locura.

Él esbozó su legendaria sonrisa y se llevó una mano a la mandíbula.

–El trato es que, si me ganas, te llevo conmigo.

A juzgar por su sonrisa, Finn no pensaba que Serena pudiese ganarle. Era evidente que no quería llevarla a ninguna parte, cosa que aumentó la curiosidad de Serena todavía más.

Pobrecillo. Casi le dio pena.

Había sido derrotado. Por una chica.

Lo había vencido en juegos de coches, tenis, fútbol y armas. Luego, Finn le había dado de comer y unos refrescos. Y entonces Serena se había quedado dormida en su sofá.

Seraphina Scott era extraordinaria en todos los aspectos, y como no la despertase pronto, acabaría besándola como a la Bella Durmiente. Lo habría hecho si él hubiese sido un príncipe, pero le había mentido y no podía desearla más.

No sabía cómo había podido ofrecerse a ser su amigo y, a pesar de que la idea lo aterraba, tenía la intención de cumplir su promesa. Era lo mínimo que podía hacer, después de haberle causado tanto dolor.

Lo cierto era que Serena hacía que se sintiese todavía más salvaje. Desataba en él todo tipo de instintos animales que hacían que desease no solo el calor de su dulce cuerpo, sino también querer protegerla a cualquier precio.

En esos momentos, estaba muy sola.

Lo sabía porque él se sentía igual. Llevaba toda la vida rodeado de gente, pero sintiendo una soledad imposible de evitar.

Sí, e imposible de entender también.

Finn se aburría con facilidad, le gustaba la variedad. «Cada día con Serena sería único porque ella es única», susurró una vocecilla en su interior. Él le dijo a esa voz que se callase. La controlaba su libido y, por una vez, no iba a escucharla.

Finn miró a Serena fijamente y tomó un mechón de su pelo con un dedo. ¿Cómo iba a resistirse a ella? ¿Cuánto tardaría en cruzar el puente que separaba a los amigos de los amantes? «Una eternidad», le dijo su conciencia, «porque no va a ocurrir. Se supone que debes protegerla. ¿Recuerdas?».

–Eh, Bella Durmiente –le dijo, mirándose el reloj–. Son las nueve y media y hemos quedado.

Serena se desperezó y se le subió la camiseta, dejando al descubierto el sensual pendiente de su ombligo.

–Venga, fierecilla, levanta.

«Antes de que tome ese pendiente con los labios y me lo meta en la boca. Antes de que te quite esos vaqueros y baje con la lengua hasta tu clítoris».

Finn se maldijo.

–Si no, me marcharé solo.

«Una idea mucho mejor».

–Voy, voy –murmuró ella con voz ronca, adormilada.

Él gruñó en un susurro. Aquello no era buena idea. ¿Por qué la había retado? Era la primera vez que alguien lo ganaba. Tenía que haber imaginado que aquella atrevida le iba a dar una sorpresa. ¡Y eso hacía que la desease todavía más! «Cambia de plan. Invéntate algo. Lo que sea».

El problema era que ya le había mentido y no le gustaba la idea de inventarse nada más.

–¿Adónde vamos? –le preguntó ella, apoyando los pies en el suelo y sentándose recta.

–Toma –le dijo él, tomando dos gorras y dándole una–. Ponte esto.

–¿Vamos a ir de incógnito? –preguntó Serena con los ojos brillantes de la emoción.

Una emoción que no iba a durar mucho. ¿O sí?

Serena no dejaba de sorprenderlo, tal vez aquel paseo fuese justo lo que necesitaba.

En un repentino ataque de sinceridad consigo mismo, reconoció que la tentación de llevarla había surgido poco después de tener las entradas, pero el tema le había hecho dudar. En ocasiones, Serena se comportaba de manera remilgada, aunque otras era curiosa, como cuando la había sorprendido con la oreja pegada a la puerta, y Finn había querido pensar que sus experiencias pasadas habían sido pocas y poco brillantes.

Y allí estaba él, todo un maestro en el erótico arte de la pasión y la seducción, nervioso de repente porque aquella mujer era capaz de hacer que perdiese el equilibrio.

Tardó cinco minutos en cerrar, llevar a Serena hasta el almacén y abrir las puertas.

La luz se encendió automáticamente, iluminando el espacio y cegándolo momentáneamente. Finn esperó a...

Oírla gemir. Y por un instante le temblaron las rodillas.

¿Por qué tenía que ser la mujer más sexy del planeta?

–Sí –dijo Serena con voz sensual–. Tienes un gusto impecable, Finn. No sabes lo nerviosa que me pone tanta potencia. Creo que va a ser el viaje de mi vida.

Finn cerró los ojos. Estaba perdido.

Capítulo 8

SERENA estaba perdida.

Finn la había llevado por la ciudad en su deportivo y ella no había podido evitar imaginárselo haciendo el amor con la misma habilidad e intensidad.

Con la misma suavidad con la que lo había visto agarrar el volante de piel, con la misma firmeza y sensualidad con la que había tomado la palanca de cambios... Serena se había estremecido de placer solo de observarlo.

Y en esos momentos estaba sentado en un cómodo sillón, en una magnífica carpa en el centro de Montreal, y volvía a estar muy nerviosa.

Desde fuera, la estructura parecía una gigante cúpula teatral, con múltiples picos cónicos que ascendían hasta el cielo en una colorida variedad de rayos azules y amarillos que le recordaron a las mil y una noches. Y en el interior, la sorpresa la causaban la elegancia y el lujo. Un lujo más moderno que ostentoso, como a ella le gustaba,

Sabía que estaba a punto de ocurrir algo increíble y estaba muy nerviosa.

El hombre moreno que estaba sentado al otro lado de Finn se giró hacia este y le dijo:

–Su rostro me resulta familiar. ¿Nos conocemos?

Serena contuvo una sonrisa. Había pensado que los pondrían en algún lugar reservado para personalidades, y el hecho de estar sentados entre el público le había resultado más emocionante que nunca, ya que corrían el riesgo de que los reconocieran.

Vestidos con vaqueros y una camiseta, y con las gorras negras bien caladas, parecían un par de amigos que habían salido a divertirse.

Finn sonrió de manera carismática y tendió la mano al otro hombre.

–Estoy seguro de que lo recordaría si fuese el caso, señor. Es un placer.

Y Serena se dio cuenta de que Finn era todo un artista. A pesar de parecer seguro de sí mismo y cómodo en cualquier situación, Serena imaginó que se adaptaba a su entorno e incluso cambiaba de acento para encajar mejor en él. Era un verdadero camaleón.

Aquel era un talento que ella solo podía envidiar. Aunque también se preguntaba por qué se molestaba Finn en cambiar. ¿Por qué no se limitaba a ser él mismo?

Supuso que era una técnica de supervivencia. Parecía no querer que nadie lo tocase. Y ella lo entendía. No era fácil abrirse, hacerlo invitaba al sufrimiento, la decepción y el dolor.

Pero lo que más maravillaba a Serena era el extraño que aparecía cuando Finn se quitaba las caretas. Ese hombre era el más fascinante de todos.

Era el hombre que había cocinado espaguetis para ella, que le metía un mechón de pelo rebelde detrás de la oreja, que hacía un puchero cuando perdía una partida a los videojuegos, el hombre que parecía feliz entre el resto del mundo y que bebía refresco de cola.

Y así era también como parecía más feliz. Esa noche no estaba agitado ni tenso. No había dolor en sus ojos. Así que, a pesar de las dudas que había tenido un rato antes, Serena no se arrepentía de haberlo acompañado.

–Eh –le dijo el otro hombre a Finn–. Ya sé de qué te conozco. Te he visto en la tele. Eres ese tipo.

Serena se mordió el labio y contuvo la respiración. Sentía curiosidad por ver si Finn iba a proteger su privacidad esa noche.

Este levantó la barbilla y puso cara de desconcierto.

–¿Quién?

–El piloto.

Finn frunció el ceño y se giró hacia ella y le preguntó con acento americano:

–Eh, nena, ¿me parezco al piloto ese?

–¿Al piloto británico? –preguntó ella con incredulidad.

–Podría ser él –dijo el otro hombre, avergonzado.

–De eso nada –dijo ella con firmeza–. Ese tipo tiene una pinta muy rara. Y sus ojos...

Hizo como si se estremeciese.

Finn arqueó una ceja rubia oscura, se disculpó con el otro hombre y luego se inclinó hacia Serena.

–¿Qué tienen de malo sus ojos?

–Que son raros. De un azul cerúleo, pero en ocasiones...

Se interrumpió para provocarlo, como hacía él tantas veces.

–¿En ocasiones...?

–Cambian de color. Y brillan de manera salvaje. Son hipnóticos.

–¿Hipnóticos? –murmuró Finn–. Tal vez dependa de qué está mirando.

Sus miradas se cruzaron y Serena notó calor en el vientre.

Y él gimió como si lo supiera. Podía oler su excitación.

–Y... –continuó Serena, humedeciéndose los labios–. A veces se comporta como un animal. Gruñe.

–¿Y te gusta? –le preguntó él.

–Me encanta –admitió Serena.

Se maldijo. ¿Qué le estaba pasando? Tenía que terminar con aquello. Pensar que eran solo amigos.

Finn cerró el puño y retrocedió.

–¿Sabes lo que significa Seraphina, señorita Scott?

Ella negó con la cabeza.

–Ardiente.

En ese momento, era cierto.

–Así que ten cuidado y no te quemes. Porque no quieres quemarte, ¿verdad, Seraphina?

–¿Quemas a las mujeres? –susurró ella, como si la posibilidad la intrigase más que la asustase.

–Mucho –admitió él con pesar–. Por eso siempre pongo normas.

–¿Qué normas, Finn?

–Que no hay compromisos ni vínculos afectivos. Solo un placer mucho más intenso del que puedas imaginar.

–Eso suena...

–Bien. Es estupendo, nena. Mientras dura. Como mucho, un par de horas. Y después solo queda vacío. Así que créeme cuando te digo que no te dejes quemar.

Una sirena aulló por encima de la cabeza de Serena, silenciando su deseo. Finn solo estaba siendo brutalmente sincero. No había hecho insinuaciones ni juegos de palabras. Y ella se dio cuenta de que le gustaba el verdadero Finn St George. Y mucho. Era una mezcla arrogante, seductora y sexy de chico malo y vecino de toda la vida.

Lo de que no se dejase quemar era un buen consejo. Aunque ella tampoco estuviese interesada en una relación seria. Acababa de perder al único hombre al que había querido, y obsesionarse con un hombre que jugaba tanto con la muerte no era precisamente aconsejable.

No obstante, ¿y si no volvía a desear sexualmente a otro hombre como deseaba a Finn? ¿Acaso era una locura querer experimentar ese placer al menos una vez en su vida? Conocía el juego, de memoria, lo había observado toda su vida. Y podía jugar de acuerdo con las normas, ¿o no?

Serena supo que Finn era consciente de la batalla que se estaba librando en su interior, porque levantó la mano y le apartó un mechón de pelo de la cara.

–Confía en mí, belleza. No es buena idea.

Las luces se atenuaron y lo único que quedó fue un techo de lona negro salpicado de pequeñas estrellas. Era tan romántico que un profundo anhelo invadió su alma.

Finn se sentó recto en su propia silla, dejándola extrañamente sola. Hasta que la música empezó a sonar y Serena volvió a recuperar la energía. La melodía se fue haciendo cada vez más sensual.

–Oh, Dios mío.

De repente, Serena se dio cuenta de que Finn no había pretendido llevarla allí. Entonces, ¿con quién...?

Como si le hubiese leído el pensamiento, este murmuró:

–Iba a venir solo. Es un espectáculo nuevo, tipo cabaret, dirigido por un amigo mío que me hizo llegar las entradas anoche. Sabe que me gusta mezclarme con la gente de vez en cuando, y suelen debutar en Montreal. La verdad es que no tengo ni idea de qué va.

En todo caso, seguro que sabía algo más que ella.

–Solo sé que es para mayores de dieciocho años y que explora la sexualidad humana.

Estupendo.

Se levantó un telón y aparecieron los artistas, todos quietos como estatuas. Hasta que empezó a sonar el típico ritmo del *Moulin Rouge*...

Y los artistas cobraron vida.

El calor que sintió Serena no tenía nada que ver con la cantidad de personas que había allí, sino solo con el hedonismo de la actuación.

En el escenario, los cuerpos se doblaban, se acariciaban, las manos resbalaban por pieles pintadas, de una sensual belleza.

Por encima del escenario había tres enormes lámparas de araña de las que colgaban unos acróbatas que también empezaron a girar y a volar, cambiando de una barra a otra en un espectáculo vertiginoso.

Ah. Y todos estaban medio desnudos. Medio desnudos y...

Serena no pudo evitar dar un grito ahogado y Finn se inclinó hacia ella.

–¿Estás bien?

–Sí... –dijo ella.

Si Finn había hecho que sintiese calor y agitación antes del espectáculo, en esos momentos estaba que ardía.

–¿Quieres que nos marchemos?

–Por supuesto...

Tuvo que volver a tomar aire al ver como una de las mujeres abrazaba a su compañero por la cintura y después se doblaba hacia el suelo, como si él la estuviese penetrando, como si...

–De acuerdo, vamos.

–Por supuesto que no. No me voy a marchar. Me

voy a quedar aquí. Ni siquiera un tornado me movería de aquí. Es... Son... Maravillosos.

Bailaban, giraban, se doblaban, las mujeres eran unas acróbatas increíbles. Tenían una mezcla sorprendente de feminidad y fuerza.

–Qué fuertes –murmuró Serena, asombrada.

–Tienen que serlo. Deben ser fuertes de voluntad para entrenar. Fuertes de mente para mantener sus posiciones y confiar en sus habilidades. Tienen que creer en su talento y, al mismo tiempo, deben ser elegantes y graciosas.

Sí, fuertes de cuerpo, de alma y de corazón. Sin ninguna vergüenza, solo un divino resplandor.

Serena no pudo evitar pensar en todo aquello.

–¿Qué quieres decir, Finn?

–Solo que por ser mujer no hay que ser débil, y que ser fuerte y única no te hace ser menos femenina.

Ella no veía a las mujeres como seres débiles. ¿O sí? En realidad, no había conocido a muchas mujeres. Solo a las amantes de su padre y todas le habían parecido desesperadas. Serena las había observado y había pensado que eran muy extrañas, queriendo hacer feliz a su padre para que este las mantuviese a su lado. Desesperadas. Débiles, pero femeninas. ¿Había relacionado ambas cosas sin darse cuenta?

Finn le había dicho que era femenina. Recordó sus palabras, que había tomado como un insulto, pero que, al mismo tiempo, había deseado que fuesen sinceras.

Finn veía más allá de la superficie. Detrás del

personaje famoso había un hombre intenso e inteligente que la sorprendía y la intrigaba.

–La gente te infravalora, Finn –murmuró, y el espectáculo continuó como continuaba girando el mundo, ajeno al seísmo que se estaba produciendo en su interior.

–Siempre es mala idea –le dijo él con una arrogancia que la hizo sonreír.

Con la mirada clavada en los sinuosos movimientos del escenario, Serena notó que Finn la observaba.

–Es fascinante, ¿no crees?

–Me tiene absolutamente cautivado –respondió él sin dejar de mirarla.

–Provocador –susurró Serena.

–De una sensualidad única.

A ella le dio un vuelco el corazón, Finn ya le había dicho algo similar en Mónaco.

Incapaz de aguantar ni un segundo más, giró la cabeza para mirarlo.

Finn tenía el rostro colorado y se estaba humedeciendo los labios, parecía tener la boca seca.

–¿Finn...? –le preguntó ella–. ¿Es que no vas a mirar?

–Estoy mirando, nena. La única cosa que merece la pena mirar.

A Serena le dio otro vuelco el corazón y tuvo que hacer un esfuerzo para volver a respirar.

Sin darse cuenta, cerró los ojos y se inclinó hacia él porque necesitaba sus labios de tal manera que le dolía todo el cuerpo.

Pensó en preguntarle si quería pasar la noche con ella. Tal vez otra Serena se lo hubiese preguntado, una Serena más valiente y lo suficientemente segura de sí misma como para saber que podía satisfacer a un hombre como aquel. Una Serena que no fuese a arrepentirse a la mañana siguiente, pero la Serena de verdad no podía garantizar nada de aquello.

Notó el aliento caliente de Finn en sus labios, pero su intuición le dijo que no iba a besarla porque ambos tenían un pasado y un montón de razones para luchar contra aquella extraña y poderosa atracción.

Y entonces abrió los ojos.

Finn la estaba mirando con ojos oscuros y brillantes, y, sin saber de dónde había sacado las fuerzas, Serena se inclinó más hacia él y le lamió el labio inferior para después mordérselo con suavidad.

Finn gimió.

–Contrólate, Serena –le advirtió.

Ella volvió a hacer lo mismo y Finn respondió mordiéndole también el labio y besándola después.

–¿Es que quieres que te haga mía aquí mismo? –inquirió.

Eso hizo que Serena parase.

Visiblemente afectada, se apartó el pelo de la nuca con manos temblorosas y volvió a ponerse recta en su asiento.

De repente, se sentía avergonzada por no haber sido capaz de controlarse.

Llegó el descanso y, sin saber qué hacer ni qué decir, sintiéndose como una tonta al darse cuenta de que había estado a punto de tener un orgasmo allí mismo, se puso en pie.

–Voy al cuarto de baño.

Y se marchó todo lo rápido que pudo.

Tenía que tranquilizarse y solo había una manera de hacerlo: alejándose lo máximo posible de Finn St George.

Capítulo 9

NO TENGAS miedo –murmuró Finn, avanzando vacilante por el pasillo a oscuras que llevaba a los despachos situados al fondo de la carpa.

No sabía cómo había llegado Serena allí, pero en los seis minutos que había tardado en encontrarla, se había sentido más enfermo que en toda su vida.

Aparentemente ajena a las sombras que la envolvían, Serena se giró hacia la pared y apoyó la cabeza en ella. Estaba temblando.

Con el corazón acelerado y hecho un lío por dentro, Finn apoyó las manos a ambos lados de su cabeza y enterró el rostro en su cuello. Olía a frutas de verano, un olor que lo tranquilizaba, un sabor que había aprendido a asociar con ella y que jamás olvidaría.

Le mordisqueó la oreja y luego le dijo:

–Deja que te calme la tensión, nena.

Serena estaba en llamas. Y él nunca había visto ni sentido nada igual. Estaba loco de deseo. No obstante, no tenía la intención de satisfacerlo con ella. Por una vez en la vida, no iba a ser egoísta. Iba a dar en vez de recibir.

Por un instante pensó que Serena iba a rechazarlo y, a pesar de saber que era lo mejor, notó que se le encogía el estómago. Y entonces ella se giró y lo besó mientras se abrazaba a su cuello.

Finn se dio cuenta de que aquello iba a ser mucho más duro de lo que había imaginado.

Se alegró de que Serena hubiese decidido ir hacia aquella parte de la carpa, la ayudó a que pusiese las piernas alrededor de su cintura y la llevó hasta el despacho de su amigo Zane, con el que se había cruzado unos minutos antes y al que había pedido media hora de intimidad.

Cerró la puerta tras de ellos y apoyó a Serena en la madera sin dejar de besarla y apretando las caderas contra su cuerpo.

Ella gimió contra sus labios, enterró los dedos en su pelo y se aferró a él mientras Finn le procuraba el mayor placer de toda su vida.

–Finn, Finn, Finn...

–Tranquila, nena. Tranquila.

–Esto no me gusta. Nunca me había sentido así. Nunca –balbució Serena.

Pero Finn la entendió. Era la primera vez que se sentía tan excitada y él disfrutó con ello.

–Esto no es normal –protestó Serena.

–Lo sé, preciosa.

Para él tampoco lo era.

Y ese era el problema, que estaba sintiendo cosas. Desesperación, anhelo, deseo. Unas inmensas ganas de protegerla, de satisfacer todos sus deseos, de hacerla llegar al clímax una y otra vez y oírla gritar de placer. De darle el mundo entero y las estrellas. Aquello era demasiado.

La sujetó con una mano y con otra le desabrochó los pantalones vaqueros. Quería hacerla suya, pero no estaban en buena posición, así que la soltó.

Habría dado cualquier cosa por ver su cuerpo, con el que tantas veces había soñado. Quería arrancarle la ropa y quitarle las braguitas con los dientes.

Serena apoyó los pies en el suelo sin dejar de besarlo y metió las manos por debajo de su pelo, haciéndole sudar.

–Despacio, nena, despacio.

Finn tenía que frenar si no quería perderse en ella.

–Esto es demasiado bueno –gimió ella.

–Yo soy demasiado bueno –respondió Finn.

–Eres un arrogante.

Él volvió a besarla y empezó a bajarle los pantalones, y entonces se dio cuenta de que llevaba unas braguitas anchas, pero de encaje.

Y supo que estaba perdido.

–Tengo que mirar.

–Creo que ya he oído eso antes –le dijo ella con la respiración entrecortada.

Finn retrocedió y le quitó la sudadera y la camiseta por la cabeza.

Serena tenía los pantalones vaqueros bajados hasta la cadera y las botas de motorista puestas. Y Finn no pudo creer lo que estaba viendo. Llevaba la ropa interior... ¿roja?

Primero pensó que era perfecta y después se maldijo porque era perfecta.

Se fijó en su piel color marfil cubierta de pecas y deseó tumbarla allí y contar y besar cada una de ellas. Deseó abrazarla con fuerza y no soltarla nunca. Y entonces le vino a la cabeza la absurda idea de que tal vez pudiese ser un hombre de una sola mujer.

Apartó inmediatamente la idea de su cabeza. Jamás se arriesgaría a hacerle daño a Serena. Ya la había hecho sufrir suficiente, y eso que no sabía ni la mitad de lo que había ocurrido.

–¡Deja de mirarme!

–No puedo –le respondió él.

Y tras dedicarle una sarta de cumplidos, la besó apasionadamente para corroborar sus palabras. Y con cada beso fue aumentando el deseo, hasta que se dio cuenta de que Serena estaba tan excitada que podía palparse en el aire.

Él le acarició el pendiente del ombligo y después metió la mano por debajo de sus braguitas para acariciar la parte más caliente y húmeda de su cuerpo.

Serena gimió y él gimió también.

–Serena... –le dijo, acariciándola y bajándole uno de los tirantes del sujetador.

Tenía unos pechos perfectos, firmes, pero suaves.

–Eres preciosa, Serena.

Inclinó la cabeza y pasó la boca por su cuello, para después ir bajando con la lengua hasta sus pechos.

Aquello era una agonía. La deseaba. Tenía que ser suya.

La vio morderse el labio inferior y respirar con dificultad y eso lo excitó todavía más. Tomó su pezón con los labios y chupó con fuerza.

–Oh, Dios mío, ¡Finn!

Y él introdujo un dedo en su sexo con más fuerza y notó cómo el cuerpo de Serena se contraía por dentro.

Tenía un problema, un problema enorme. Serena estaba demasiado tensa.

–¿Ha pasado mucho tiempo, nena?

–Umm.

Era de constitución menuda y estaba desentrenada, y Finn tuvo miedo de partirla en dos. «No va a ocurrir porque no vas a entrar ahí», se dijo a sí mismo. Pero no pudo evitar imaginarse la sensación. Se imaginó tumbándola en el escritorio de Zane y lamiéndole todo el cuerpo antes de penetrarla.

Ella lo empujó con las caderas y se aferró a sus hombros para pegarse todavía más a su cuerpo.

–¿Quieres más? –le preguntó él, introduciéndole un segundo dedo.

Y entonces notó cómo se sacudía, la oyó decir su nombre y gritar de éxtasis.

«Contrólate, Finn, no te pierdas».

Le apretó el pecho por última vez y luego, llevó la mano a su boca y le acarició el labio inferior. Serena le lamió los dedos y él volvió a bajar los labios a su pecho...

Y ella se rompió por completo y su cuerpo se sacudió violentamente.

Finn siguió obligándose a controlarse. Apoyó su

frente en la de ella y apretó la mandíbula mientras le ordenaba a su erección que se calmase. No podía llegar al clímax solo de ver cómo llegaba ella.

Necesitaba aire. Estaba temblando de la cabeza a los pies y tenía los dientes tan apretados que se iba a romper una muela.

–¿Finn? –le dijo Serena.

–Dame un minuto –le pidió él, cerrando los ojos.

Ella apartó la mano de su hombro, la bajó por su pecho y no paró hasta tomar su erección a través de los pantalones vaqueros.

–Ten cuidado, nena –le dijo él, tomando su mano y llevándosela a los labios para darle un beso–. No puede ser, Serena. Para empezar, no tengo protección.

–Ya hemos empezado, Finn –le recordó ella, volviendo a bajar la mano a sus pantalones–. Yo no corro peligro y tú estás sano, ¿no?

Y empezó a desabrocharle el cinturón.

Él volvió a apartarle la mano, sabiendo que no lo haría una tercera vez.

–Serena, nunca he tenido sexo sin protección, en toda mi vida.

Aquello no podía ocurrir. Necesitaba un preservativo. Si no, sería demasiado íntimo.

Sin ninguna barrera, se perdería. Dentro de ella. Y la marcaría. Después le costaría mucho esfuerzo dejarla marchar.

–Vamos a parar ahora, antes de que lleguemos demasiado lejos –le dijo.

Era lo mejor.

–¿No quieres hacer el amor conmigo, Finn? ¿No quieres estar dentro de mí?

Él gimió. Nunca había deseado algo tanto, en toda su vida. Sabía que Serena era perfecta para él, pero él no era hombre para ella.

Tal vez en otra vida habría pensado que había encontrado a su media naranja. Si hubiese sido un hombre diferente. Si hubiese tomado decisiones diferentes y no hubiera causado tanto dolor. Un dolor que podría volver a causarle a Serena. Era demasiado egoísta, no era de fiar.

Y estaba tardando demasiado tiempo en contestarle, porque Serena ya se había subido los pantalones y se había puesto la camiseta. Todo ello, intentando que no se le notase que se sentía decepcionada y avergonzada.

–No te gusto, ¿verdad?

Finn tomó su rostro y le dio un suave beso en los labios.

–Me encantas, belleza. Siempre lo has hecho, pero ya te he dicho que no es buena idea. Mañana por la mañana te despertarías y me odiarías todavía más. Te arrepentirías de lo ocurrido. Te sentirías vacía. Y la sensación es horrible, Serena, te lo aseguro.

Ella lo miró a los ojos.

–Entonces, ¿qué somos? ¿Amigos con derecho a roce?

–¿Por qué no? Me necesitabas.

–Y tú a mí –le dijo ella, bajando la vista a su bragueta–. Deja al menos que...

Finn retrocedió. Si Serena se arrodillaba ante él y lo acariciaba con la boca jamás podría sacarse aquella imagen de la cabeza.

–No, solo quería darte placer. Solo esta vez. No volverá a ocurrir.

Porque si volvía a ocurrir, él no podría parar.

Si había podido mantener el control había sido porque estaban en el despacho de Zane, porque no tenía preservativo y porque había muchos secretos y mentiras entre ambos.

Serena estaba empezando a confiar en él y no debía hacerlo. Era una locura. Lo estaba perdonando y él no podía penetrarle y mirarla a los ojos sin haberle contado toda la verdad.

–Hay muchas cosas en mi vida de las que no estoy orgulloso. Si te utilizo, sería otra más. ¿Quieres un amigo, Serena? ¿O una aventura de una noche que te deje vacía? No podemos tener las dos cosas.

Ella se miró fijamente los pies durante unos segundos.

Después levantó la cabeza y, esbozando una sonrisa indescifrable, respondió:

–En ese caso... prefiero un amigo.

Finn tragó saliva.

–Está bien. Entonces, amigos.

Luego tomó su mano.

–Vamos, señorita Scott, la noche es joven.

Antes de llegar a la puerta, Serena se detuvo y clavó la vista en sus manos unidas.

–¿Qué pasa, nena? ¿Es la primera vez que le das la mano a alguien?

Ella sacudió la cabeza, tenía el ceño fruncido.

–Sí.

Finn se encogió de hombros.

–Yo también –admitió sin darle importancia, sacándola de la habitación antes de que Serena dijese algo más–. Ahora, vamos a comer algo. No sé tú, pero yo estoy muerto de hambre.

Muerto de hambre por una mujer a la que jamás podría tener.

Capítulo 10

QUÉ pasa? –preguntó Serena, poniéndose el casco debajo del brazo y pasándose una mano por el pelo mientras se acercaba hacia el grupo que había en el *pit stop*–. ¿Qué está haciendo aquí el SL1?

Ver su prototipo allí, en el circuito de Silverstone, solo podía hacerle sentir orgullo.

Se hizo el silencio y varias personas la miraron, como si les sorprendiese que se volviera loca con un coche.

Entonces apartó la vista de él y miró a Finn. El sol de la mañana hacía brillar su pelo rubio y sus ojos azules.

–Buenos días, señorita Diseñadora, qué detalle, que te hayas levantado de la cama para acompañarnos.

Su voz era profunda y devastadora, divertida y sensual. El aire llevó su olor hasta donde estaba Serena y esta sintió calor.

–Mientras descansabas, yo le he dado cincuenta vueltas al objeto de tu orgullo y alegría.

Ella se puso tensa y agarró el casco con más fuerza, clavándoselo en la cadera.

–No lo entiendo.

El único motivo por el que le podían haber dejado probar el coche era que su padre hubiese cambiado de opinión...

Se le encogió el estómago, cosa que era absurda. Serena supo que solo había una posibilidad, y Finn no podía haber destrozado todos los coches del equipo. Todavía.

De hecho, desde que habían vuelto de Montreal había estado más calmado.

Finn hizo que se dispersase el grupo con un arrogante movimiento de cabeza y se apoyó en el coche. Luego se cruzó de brazos y se relamió.

Serena se dijo que no tenía que mirar aquellos labios, mucho menos desearlo. El problema era que su nuevo amigo le había hecho llegar al éxtasis y que, cada vez que lo miraba, volvía a sentir calor.

«Céntrate en el coche, Serena».

–¿Qué te parece? ¿Mi coche? –le preguntó, sintiéndose nerviosa de repente.

–Se parece mucho a la mujer que lo ha diseñado. Es como un relámpago salvaje.

Eso la animó todavía más.

–¿Se conduce bien?

–Es increíble. Un sueño hecho realidad, Serena. Has hecho un trabajo increíble.

Ella intentó tranquilizarse y tomar aire. Después de tanto trabajo, de tantas noches sin dormir, de pruebas y más pruebas, todavía estaba esperando a que su padre le diese la enhorabuena, pero la admiración y el respeto que había en la mirada de Finn, de un hombre que había conducido los mejores coches de todo el mundo, eran todavía más halagadores.

Serena se sentía como si estuviese volando. De hecho, le entraron ganas de ponerse a gritar y a dar saltitos de emoción. Lo que era una tontería.

–Me alegro.

Finn se inclinó hacia ella y Serena se vio atraída por su magnetismo, se acercó a él.

–Puedes gritar si quieres, nena, no se lo contaré a nadie –le susurró Finn al oído.

Serena se apartó.

–No digas tonterías.

Él sonrió de oreja a oreja y Serena se puso furiosa.

–¿Cómo es posible que esté el coche aquí? Mi padre dijo...

–Lo sacamos anoche, después de que le hiciese entrar en razón.

Eso hizo que Finn se ganase un poco más su corazón. Ni siquiera Tom se había puesto nunca de su parte frente a su padre.

–Pronto aprenderás, Serena, que es mejor dejar los negocios a los hombres.

Aquello fue como un jarro de agua fría.

–Solo has dicho eso para enfadarme.

A Finn le brillaron los ojos...

–Pues te vas a enfadar todavía más cuando te diga cuál es mi condición.

–No me gusta esa mirada –le advirtió ella.

–Esta noche tienes que venir al baile de Silverstone.

–De eso nada. Ya sabes que no me gustan esas cosas. Además, ¿para qué me necesitas?

–Hay que presentar tu coche y me parece el lugar perfecto. Y tú tienes que estar ahí. Será tu gran momento y tienes que disfrutarlo. Venga, Serena.

–Qué golpe tan bajo, Finn –le dijo ella, clavando la vista en el coche sin verlo–. ¿Y quieres que vaya sola?

Si él iba a ir con otra mujer, Serena quería saberlo para prepararse.

Tenía la sospecha de que llevaba varios días viéndose con alguien. Por eso no respondía a ciertas llamadas delante de ella y apretaba los dientes con fuerza antes de rechazarlas.

Aunque, al mismo tiempo, Serena dudaba que hubiese tenido tiempo de hacer otra conquista. Finn pasaba la mayor parte del día con ella, lo que traía otros problemas. Porque a pesar de que a ella le gustaba tenerlo como amigo, cada vez le estaba costando más esfuerzo guardar las distancias.

–No vas a estar sola, Serena. Va a asistir todo el equipo y, además, llegarás conmigo –le dijo Finn, guiñándole un ojo–. Tu primer baile será para mí.

Eso la tranquilizó y la puso nerviosa al mismo tiempo. Finn no iba a llevar a otra mujer, e iba a bailar con ella. Como amigos, por supuesto. Salvo que él hubiese cambiado de opinión...

Entonces, Serena bajó la vista a sus botas y dijo:

–¿Y qué voy a ponerme?

Finn se echó a reír.

–¿Qué es lo que te parece tan gracioso?

–Que has hablado como una mujer.

Serena lo fulminó con la mirada.

–No te preocupes –añadió Finn–. Encontraremos algo.

–¿Encontraremos? ¿Qué pasa? ¿Te preocupa que me presente en vaqueros y una camiseta?

Él alargó la mano y le apartó un mechón de pelo de la frente. Luego, le acarició suavemente la mejilla.

–Escúchame. Bailaría contigo toda la noche aunque fueses vestida con un mono de piloto, no te cambiaría por nada del mundo. Lo que no quiero es que te sientas incómoda ni fuera de lugar. ¿Por qué no piensas en ello como si fuese una aventura? Podrías divertirte, pero, si no lo haces, tampoco pierdes nada. Al menos, lo habrás intentado. Y habrás presentado el LS1 como se merece. Venga, será divertido.

Serena no podía borrar de su cabeza las palabras «no te cambiaría por nada del mundo». Sabía que eran sinceras.

–¿Sabes lo que les digo siempre a los novatos cuando van a tomar el carril de aceleración? Que el miedo es una opción. No la escojas, Serena.

–De acuerdo.

Podía hacerlo. Podía presentar el coche. Podía bailar con Finn. Y ser solo su amiga.

Si es que él quería. Porque Serena ya no estaba segura. En realidad, no tenía ni idea de por qué seguían luchando contra ello.

–Bien –dijo él, metiéndose la mano en el bolsillo

y sacando su teléfono móvil–. Voy a hacer un par de llamadas y luego volveremos al club de campo. Te aseguro que dentro de dos horas tendrás media tienda en tu habitación.

Finn volvió a guiñarle el ojo y ella se derritió un poco más por dentro.

–Confía en mí, nena.

Que confiase en él.

¿Por qué siempre le decía eso? ¿Por qué quería Finn que confiase en él? ¿O le estaba diciendo inconscientemente que no lo hiciera? El único problema era que, en esos momentos, cualquier advertencia caía en oídos sordos.

Porque, a pesar de no haber hecho el amor con ella en Montreal, Serena se había sentido vacía después. Fuesen adonde fuesen, hiciesen lo que hiciesen, cuando llegaba el momento de separarse de él se sentía vacía.

Se acercó al perímetro del circuito y recordó lo mucho que había echado de menos tener una madre cuando, con trece años, había pasado de ser una niña a ser una mujer. Los cambios de su cuerpo y las hormonas habían hecho que se sintiese perdida, como una extraña en su propia piel. Atrapada en el cuerpo de otra persona.

En esos momentos lo veía todo claro. Había sido criada como un niño y le aterraba ser una mujer.

Tenía veintiséis años y seguía igual, sintiéndose atrapada.

Hasta que Finn la tocaba y hacía que se sintiese libre. Serena pensó en la mujer que era en realidad.

En la persona a la que había contenido e ignorado. Y esa persona confiaba en él.

Así que, varias horas después, cuando vio su habitación llena de vestidos, se obligó a tranquilizarse.

Se dijo que una mujer fuerte debía intentar conseguir lo que quería. Y si Finn quería compañía femenina esa noche en su cama, Serena quería estar ahí.

Después volverían a ser amigos.

Finn había recibido un mensaje de Serena en el que decía que estaba en el bar, así que fue a buscarla.

La vio nada más entrar, sentada en un taburete frente a la barra. La miró fijamente porque había algo diferente en ella. La vio inclinarse hacia el camarero y escucharlo atentamente... inclinar la cabeza hacia atrás y echarse a reír.

Y Finn supo lo que era. Confianza en sí misma.

Obligó a sus pies a moverse y se dijo que tenía que estar tranquilo. No podía hacerla girar en sus brazos y decirle que estaba preciosa. No podía besarla en los labios ni llevársela a su habitación para devorarla.

En su lugar, se preparó para hacer algún comentario adecuado.

Todavía no había llegado a su lado cuando vio que Serena se quedaba inmóvil, agarraba el bolso con fuerza, cerraba los ojos y... respiraba hondo.

Sinceramente, lo que había entre ellos desafiaba a la lógica.

Finn dejó de pensar e inclinó la cabeza para darle un beso en el hombro desnudo, pero se detuvo justo a tiempo y se limitó a oler su piel, que no olía a fruta, como otras veces, sino a algo más sensual y apasionado.

–Estás muy guapa, nena –le dijo.

Ella tembló un instante y luego bajó del taburete. Finn la miró de arriba abajo y se le aceleró el corazón. Estaba preciosa. Había engordado un poco en las últimas semanas y estaba empezando a tener curvas. Y aquel vestido largo, plateado y negro, se ajustaba a su cuerpo como un guante.

Finn bajó la vista al suelo y ella sonrió.

–No me lo digas, necesitas mirar.

Él se encogió de hombros.

Serena se levantó el vestido lenta, seductoramente, hasta las pantorrillas, para enseñarle las sandalias con incrustaciones de cristales, que brillaron bajo la luz.

–Te veo muy satisfecha contigo misma, señorita Scott.

–Lo estoy –admitió ella sonriendo–. No llevo botas, ni zapatillas de casa, y puedo andar. No sabía que existían las sandalias con cuña.

Lo estaba mirando y parecía segura de sí misma, serena, encantadora...

Finn se maldijo. ¿Cómo iba a sobrevivir a aquella noche? No podía desearla más.

–Estás increíble, nena.

–Gracias, Finn, pero ¿sabes qué es lo que me da miedo?

–¿El qué?

–Que yo también lo pienso –admitió.

–Esa es mi chica –le dijo Finn–. Vamos al baile. El helicóptero nos está esperando, señorita Scott.

Le ofreció el brazo y ella lo tomó. Apretó su pecho contra él y a Finn se le aceleró todavía más el corazón.

–Vamos, señor St George. Tengo la sensación de que esta va a ser una noche para el recuerdo.

Finn intentó tragarse toda una vida de arrepentimiento.

–Curiosamente, yo también.

Capítulo 11

ENHORABUENA, Serena, es una maravilla.

–¡Gracias! –respondió ella por enésima vez mientras avanzaba rodeada por pilotos, personajes televisivos y otros famosos por la recepción.

A pesar de que tenía un nudo en el estómago, se había soltado del brazo de Finn una hora antes con miedo y determinación y, poco a poco, había sentido que se echaba a volar como una cometa.

Y no podía ser por el champán, que le parecía una desagradable mezcla de amargura y burbujas que le explotaban en la nariz. Habría hecho cualquier cosa por una cerveza.

Vio un rostro conocido entre un grupo de futbolistas y se acercó a su padre, esperó el momento adecuado y, tirando de su manga, le preguntó:

–¿Has visto a Finn? Se supone que tenemos que ir pasando al comedor.

–No, no lo he visto. Estás preciosa, cariño. Me he quedado boquiabierto al verte.

–Ya somos dos –comentó Jake Morgan, que acababa de llegar a su lado–. Estás fantástica, Serena.

–Parad, vais a conseguir que me ruborice –dijo ella, esbozando una sonrisa.

Y luego decidió cambiar de tema de conversación.

–Estoy deseando ver el coche mañana en Silverstone –comentó.

–Ganará seguro –dijo alguien.

–Sí, seguro –contestó ella.

«Si Finn tiene la cabeza donde la debe tener».

–¿Quieres beber algo antes de que vayamos a cenar? –le preguntó Jake.

–Te acompañaré –le respondió ella, que no quería otra copa de champán.

Al llegar junto a la barra, le preguntó a Jake:

–¿A qué sabe la ginebra?

–No sabría decirte, pero mi madre solía ponerse a llorar después de beberla.

Serena se echó a reír y se giró hacia Jack.

–¿De verdad?

Y entonces, fue cuando, en el espejo que había detrás de la barra, vio una cabeza rubia oscura que conocía muy bien.

–Bueno, pídeme lo que quieras, Jack, ahora vuelvo.

Avanzó entre la multitud y estaba justo detrás de él cuando Finn se giró, como si hubiese sentido su presencia, y la agarró de la mano. Luego, esbozando una sonrisa, la presentó a las personas con las que estaba charlando.

Después de las presentaciones, Finn le preguntó:

–¿Te estás divirtiendo?

–Aunque parezca mentira, sí, me estoy divirtiendo –le respondió ella–. ¿Vienes a cenar? ¿Te estamos esperando para pasar al comedor?

–¿Quiénes?

–Jake y yo. Jake está en la barra pidiendo.

Finn miró hacia la barra, pensativo. Y luego le apretó la mano con fuerza.

Serena intentó zafarse.

–Lo siento, belleza –le dijo él, soltándola–. Ve tú delante, ahora te sigo.

Ya iban por la mitad de los aperitivos cuando por fin apareció Finn, utilizando todas sus armas de seducción para disculparse por la tardanza.

Y a pesar de que todo el mundo se dejó hechizar por él, Serena se dio cuenta de que tenía los hombros tensos y estaba despeinado, como si se hubiese pasado las manos por el pelo. O como si alguien lo hubiese despeinado.

«No seas tonta», se dijo a sí misma.

Pronto empezaría el baile y podría estar entre sus brazos. Así que esperó y esperó y sintió que iba a morirse de impaciencia.

En un momento dado, Finn se llevó la mano al pecho y sacó el teléfono de su bolsillo. Y, como había hecho en muchas otras ocasiones, miró fijamente la pantalla y apretó la mandíbula.

Serena se dijo que aquella expresión de culpa tenía que deberse a otra mujer.

–¿No vas a responder? –le preguntó a pesar de que tenía un nudo en la garganta.

Y deseó que él le contestase que no, porque no quería que nada les estropease la noche. Su noche.

Pero Finn se levantó.

–Sí. Estaba esperando esta llamada. Es... importante.

–¿De verdad? –inquirió ella.

Y entonces un camarero le puso delante un plato con salmón y espárragos y a ella se le revolvió el estómago a pesar de saber que podía estar equivocándose, pero ¿por qué actuar como si fuese culpable si era inocente? En cualquier caso, ella no tenía derecho a sentirse decepcionada. Finn no le debía nada. Así que lo que Serena sentía no podían ser celos. No, porque eso significaría que estaba emocionalmente mucho más implicada de lo que debía.

–Ahora vuelvo.

Ella asintió en silencio. Cuarenta minutos después, seguía diciéndose a sí misma que era una idiota. Finn se había marchado. Tenía que haberse marchado. Y a pesar de sentirse fatal, Serena se dijo que no podía permitir que aquello le estropease la noche.

–¿Serena? La música acaba de empezar. ¿Me harías el honor?

Ella levantó el rostro y vio a Jake. No podía quedarse allí toda la noche, esperando a un hombre que tal vez no regresase. ¿Tan desesperada estaba?

–Por supuesto, Jake –dijo, a pesar de saber que aquello no estaba bien.

Era como enfrentarse a su némesis. A la antítesis de todo lo que era él.

Con el estómago encogido, Finn vio desde el

fondo del salón como Jake Morgan llevaba a Serena de la mano hasta la pista de baile.

Sintió ganas de ir allí e impedir a Jake que la tomase entre sus brazos, pero se dijo que, por una vez en la vida, iba a ser honesto e iba a dejar que el otro hombre actuase. Llevaba toda la noche decidiendo qué hacer. Y se habría apartado de Serena antes si no hubiese sido por el indeseable, inexplicable y violento deseo de protegerla y poseerla.

Pero Finn sabía cómo terminaría aquello. Y quería que Serena fuese feliz.

La vio sonreír a Jake y empezar a moverse entre sus brazos y todo su cuerpo se puso tenso. ¿Qué le pasaba?

Jake era un buen tipo. Era de fiar, honrado. Era probable que se acordase de los nombres de todas las mujeres con las que se había acostado.

Jake era legal y él acababa de colgarle el teléfono al Jefe de Policía de Singapur, que lo había llamado para contarle que tenían una pista nueva y que estaban a punto de hacer una detención.

«Aléjate de ella, Finn. Aléjate».

Serena podía tener una relación con Jake, cosa imposible con él, al que solo la palabra relación le hacía hiperventilar.

Al otro lado del salón, Jake apoyó la mano en la cintura de Serena y la acercó más a él. Y Finn pensó que iba a volverse loco. No podía soportarlo. De repente, pensó que le iba a estallar la cabeza.

–¿Finn? ¿Estás bien, chico?

Michael Scott.

–Tengo que irme –le respondió–. Ha surgido algo. ¿Puedes decírselo a Serena...?

No se quedó a escuchar la respuesta y salió por la puerta, ordenándole a su cuerpo que se controlase antes de que la oscuridad lo envolviese y los demonios volviesen a invadir su alma.

Serena atravesó el recibidor del club de campo como si no le doliesen los pies ni las piernas.

Agotada, solo podía pensar en darse un baño caliente y meterse en la cama. Subió en el ascensor hasta el primer piso y acababa de salir de él cuando se quedó inmóvil.

Delante de la puerta de la habitación de Finn había una camarera, mordiéndose las uñas...

–¿Ocurre algo? –le preguntó Serena.

La chica levantó la cabeza sorprendida.

–Lo siento, señorita Scott, he oído un golpe al pasar por delante y he llamado a la puerta para ver si todo iba bien –le contestó la camarera–, pero no responden. Usted está en la habitación con el señor St George, ¿verdad?

Serena frunció el ceño y entonces pensó que la muchacha debía de haberlos vistos juntos.

–Sí, no se preocupe, seguro que todo está bien. No obstante, creo que he perdido la tarjeta. ¿Podría abrirme la puerta, por favor?

Nerviosa, Serena se dio cuenta de que Finn podía estar en la cama con otra mujer, pero ya era demasiado tarde para dar marcha atrás.

En cuanto la camarera se hubo marchado, entró en la habitación. Una habitación llena de sombras. Serena parpadeó para intentar que se le acostumbrase la vista a la oscuridad y entonces se dio cuenta de que tenía delante una de sus peores pesadillas.

La habitación estaba completamente destrozada.

Había ropa por el suelo y una lámpara tirada a un lado de la cama, que estaba completamente deshecha.

Entonces lo vio a él, con las manos apoyadas en la barra de nogal que había a un lado, con la cabeza agachada, la camisa blanca mojada, pegada a su espalda, y tuvo un mal presentimiento.

–Oh, Dios mío, Finn, ¿han robado en tu habitación? ¡Tenemos que llamar a seguridad!

Vio un teléfono en la mesita de noche y se acercó a ella para llamar a recepción.

–Buena idea –dijo él–. Tal vez me detengan y me encierren.

Ella se quedó con el teléfono en la mano.

–¿Lo has hecho tú?

Tomó su silencio como afirmación y se dio la vuelta.

De repente, el ambiente se había vuelto peligroso. La actitud de Finn era más sombría que nunca. Y ella sintió tal deseo de marcharse de allí que tuvo que hacer un esfuerzo para permanecer donde estaba. Jamás sentiría miedo de aquel hombre.

–¿Por qué?

–Márchate, Serena. Ahora. Antes de que me rompa.

¿Romperse? ¿De qué estaba hablando?

Él tomó una botella de tequila que estaba encima de la barra y se sirvió una copa.

–¿Finn? –le dijo ella al ver que se llevaba el vaso a los labios y bebía–. ¿Qué estás haciendo? Tienes que pilotar mañana.

–Las regañinas son típicas de mujeres, señorita Scott. Te ha bastado con ponerte un vestido sexy para convertirte en una de ellas.

–¡Si has sido tú el que lo ha elegido! Para después marcharte a atender una llamada femenina y dejarme allí sola.

–¿Una llamada femenina? ¿Eso es lo que has pensado?

–¿Qué querías que pensase?

Finn se giró hacia ella lentamente, controlándose. Sus ojos azules estaban oscurecidos de culpa, devastación y furia.

–Espera un momento. ¿Por qué estás enfadado conmigo? –le preguntó Serena.

Él golpeó la barra con el vaso que tenía en la mano.

–A mí no me ha llamado ninguna mujer, pero tú no has esperado mucho a estar en brazos de otro hombre, ¿verdad?

Y a ella le sorprendió que le hablase con semejante dureza.

–¿Tienes idea de lo duro que ha sido para mí verte en sus brazos? ¿Y marcharme sabiendo que estabas mucho mejor con él que conmigo?

Serena se maldijo por haber pensado mal de él.

–Lo siento. Te estuve esperando, pero entonces Jake me pidió bailar. Eso es todo lo que hemos hecho... bailar –le aseguró ella con el corazón acelerado–. Solo te quiero a ti, Finn.

Serena contuvo la respiración, esperó, pero él parecía todavía más angustiado.

–Tienes que marcharte –le dijo, pasándose las manos por el pelo–. Por favor, Serena, vete. No sé cuánto tiempo más voy a poder aguantar.

–Pues no aguantes. Déjate llevar.

Temblando, Serena avanzó en la oscuridad mientras se llevaba las manos al costado para bajarse la cremallera del vestido, que bajó lentamente.

Él apretó los puños y negó con la cabeza.

–Para. Para. No puedo controlarme contigo, Serena. Y no creo que quieras verme así.

–Puedo contigo, Finn. Soy fuerte –le dijo ella, que confiaba plenamente en él.

Se bajó el único tirante del vestido y dejó que este cayese hasta su cintura.

Finn tragó saliva.

–No lo hagas, Serena. No te atrevas.

–Finn, a estas alturas deberías haber aprendido a no retarme. En especial, con esa voz tan profunda y sensual.

Terminó de bajarse el vestido, que cayó al suelo, y se quedó en sujetador y unas minúsculas braguitas de encaje, con las sandalias.

Vio cómo Finn respiraba aceleradamente, la estaba mirando con deseo.

Con tanto deseo, que Serena sintió que se derretía bajo su mirada.

–Serena, estás jugando con fuego, nena.

–¿Sabes qué, Finn? Que me encanta que me llames así.

Pensar que aquel hombre podía tener a cualquier mujer del mundo, y la estaba mirando a ella con tanto deseo, hacía que se sintiese invencible. Segura de sí misma. Bella. Una mujer de verdad por primera vez en su vida.

–Tienes tres segundos para salir corriendo –le advirtió él, señalando la puerta.

Ella levantó la barbilla y siguió avanzando hacia él hasta apoyar una mano en su pecho, a la altura del corazón.

–No puedo prometerte que no vaya a hacerte daño.

–No lo harás.

A Serena le daba igual que aquello terminase con su amistad. No quería otro amigo. Quería un amante y aquel era el único hombre al que había deseado de verdad.

–La pelea ha terminado, Finn.

–Estás cometiendo el mayor error de tu vida, nena.

–Pues que así sea.

Capítulo 12

FINN la besó apasionadamente al tiempo que le quitaba el sujetador y lo tiraba al suelo.

Serena decidió seguir su instinto y le quitó la camisa.

Nunca había visto a Finn así, acelerado, descoordinado, como perdido.

Intentó quitarse los pantalones del esmoquin y no fue capaz de desabrochárselos.

–Déjame a mí.

Él enterró las manos en su pelo y volvió a devorar sus labios con desesperación. Y a Serena le encantó.

Entonces fue ella la que peleó con el botón de los pantalones, como no pudo desabrocharlo, metió la mano por la cinturilla y, descubrió a Finn tan excitado que se le doblaron las rodillas.

Él gimió y decidió romper el botón tirando con fuerza de los pantalones.

Y Serena pudo por fin acariciar su erección.

–Finn, necesito tenerte dentro ya –le rogó.

–Espera, tenemos que ir despacio si no queremos que se termine antes de empezar.

Ella gimió con frustración.

–Finn, por favor.

–Eso es. Di mi nombre. Dime que quieres que lo hagamos. Dime que me deseas.

–Te deseo –le dijo Serena, que de repente se sentía aturdida y entonces se dio cuenta de que había dejado de respirar y volvió a tomar aire.

Él le mordisqueó el cuello y Serena notó como empezaba a relajarse bajo sus manos.

–Eres preciosa, Serena.

Le acarició los pechos y tomó uno con la boca, pero cuando ella gritó, Finn la hizo callar volviendo a besarla en los labios.

Luego bajó la mano al pendiente del ombligo y apretó la erección contra su vientre.

Unos segundos después le había bajado las braguitas y estaba acariciándola entre los muslos.

–Estás húmeda... y caliente.

Y Serena se apretó contra su mano y notó que se le doblaban las rodillas.

–Te tengo, nena –le dijo él, sujetándola por la cintura justo antes de introducir un dedo en su sexo.

–Finn... Finn –gimió Serena, besándolo apasionadamente en los labios y dejándose llevar al límite por su mano.

Tembló y se sacudió por dentro y se aferró a sus hombros, y Finn la tumbó en la cama y se colocó encima de ella.

–Eres perfecta, Serena –le dijo–. Y me vuelves loco. Quise tenerte desde la primera vez que te vi.

–¿De... verdad? –preguntó ella, arqueando la espalda y separando las piernas para ayudarlo a colocarse entre ellas.

–Sí –respondió Finn, apretando la erección contra su cuerpo–. Y quería saber cómo sabías. No solo aquí...

Y lamió su pecho.

–Sino también aquí –añadió, chupando su ombligo–. Y en especial, aquí.

Antes de que Serena se diese cuenta de lo que estaba haciendo, notó que le acariciaba el sexo con la lengua y sintió un inmenso placer.

–¿Finn? –dijo ella en un hilo de voz.

–Confía en mí, nena, te va a gustar –respondió él sin parar.

–¡Finn! No puedo más.

–Quiero que te vuelvas loca. Quiero verte desesperada. Quiero que me desees tanto como yo a ti.

–Finn, por favor. Haré lo que tú quieras, pero, por favor...

–¿Cualquier cosa? –preguntó él.

–Cualquier cosa.

–Suplícame.

Serena se dio cuenta de que a Finn le asustaba el efecto que tenía en él y necesitaba pensar que seguía teniendo el control de la situación.

Ella se había sentido así de vulnerable muchas veces en su vida.

Sin dudarlo, tomó su rostro, lo besó y le suplicó, le dijo exactamente lo que quería que le hiciera y por fin consiguió que la penetrase.

Al notar que la llenaba por dentro, cerró los ojos y disfrutó de aquel placer.

Entonces, Finn inclinó la cabeza hacia su cuello y se quedó inmóvil.

Serena se sintió incómoda.

–¿Finn...?

–Shh, nena. Estoy escuchando tu corazón. Estoy embriagándome con tu olor. Estoy... Nunca había estado tan cerca del Cielo.

Y Serena sintió que su corazón estallaba de amor por Finn.

Enterró los dedos en su pelo y lo sujetó con fuerza. De repente, sentía pánico. Aquello no debía haber sido tan íntimo.

Se sintió vulnerable y cerró los ojos con fuerza. No entendía nada. Ni la reacción de su cuerpo con Finn, ni la emoción que la estaba invadiendo.

–Mírame –le ordenó él.

Serena abrió los ojos y sus miradas se cruzaron. Entonces, Finn empezó a moverse más deprisa, con fuerza, hasta hacerla gritar de placer una vez más.

Luego metió una mano por debajo de su cuerpo para levantarla.

–Sí –gimió ella, abrazándolo con las piernas por la cintura y echando la cabeza hacia atrás.

–Mírame –volvió a ordenarle él, en esa ocasión en voz más alta, como si no quisiera que olvidase a quién tenía dentro, dominándola, dándole placer.

Aunque Serena sabía que jamás se le olvidaría. Jamás.

Se apresuró a mirar su rostro enrojecido, por el que corría el sudor. Finn tenía la respiración acelerada, seguía moviéndose dentro de ella y... de repente se detuvo.

Entonces, la agarró de la cintura y se apartó.

–Quiero que estés conmigo cuando caiga. No quiero estar solo. Ven conmigo.

Entonces la penetró con tal intensidad que Serena no pudo ni contestarle, solo emitió un gemido y entonces se dejó sacudir por un clímax como no había tenido otro jamás.

–Finn... –murmuró, asustada de repente, con miedo a morir de tanto placer.

–Lo sé –dijo él–. Y estoy aquí contigo, nena. No me voy a ir a ninguna parte.

–¡Finn! –gritó ella, sacudiéndose por dentro y arqueando la espalda con fuerza.

Él empujó una vez más sin apartar la vista de sus ojos y, en ese instante, Serena pensó que había alcanzado a tocarle el alma.

Entonces lo vio ponerse tenso y temblar...

–Sí –dijo Serena, viendo cómo el rostro de Finn se deshacía en un gesto de placer y sintiéndose poderosa.

Entonces, cayó sobre su cuerpo y la abrazó como si no quisiera dejarla marchar.

–¿Estás bien, belleza? –le preguntó con tanta ternura que a Serena se le encogió el corazón.

–Mejor que bien. Ha sido... increíble.

–Estoy de acuerdo.

Finn le dio otro beso, tan tierno y dulce que lo único que pudo pensar Serena fue que no quería marcharse de allí. Que quería quedarse eternamente. Con él.

Finn se tumbó boca arriba y se la llevó con él.

–Vas a quedarte aquí. Toda la noche. No puedo dejarte marchar todavía.

–Me quedaré –le aseguró ella, enterrando el rostro en su cuello, intentando no analizar sus palabras. Disfrutaría de él mientras pudiera. Aunque supiese que le iba a romper el corazón.

Era un egoísta por querer pasar toda la noche con ella. Iría al Infierno por ello. Aunque al menos, lo haría habiendo conocido el Cielo.

Supo que Serena le había robado el corazón y sintió pánico.

–Nunca me has contado por qué entraste en mi caravana por la ventana del cuarto de baño hace cuatro años –comentó.

–¡No sabía que era tu caravana! Era idéntica a la nuestra. Estaba cansada, acababa de volver de Londres y mi llave no funcionaba.

Él pasó una mano por la suave piel de su brazo y sonrió.

–Ya, claro, lo que querías era verme en la ducha.

–¡Si ni siquiera te conocía!

–La verdad es que me pareció una manera curiosa de querer llamar mi atención. Y me comporté como un perfecto caballero, sujetándote antes de que te cayeras al suelo.

–¿Cómo un caballero? ¡Si me dijiste que mis botas eran lo más sexy que habías visto en tu vida y que si quería disfrutar de tu cuerpo tenía que dejármelas puestas!

–Sí, ve por ellas y te demostraré que hablaba en serio.

–Eres insaciable.

–Solo contigo –le dijo él. Y era cierto.

Entonces Serena frunció el ceño y lo miró fijamente.

Aquello se estaba empezando a complicar y ella también lo sabía.

–Tengo que irme –le dijo–. Te voy a dejar dormir. Mañana tienes que correr y...

Finn se dio cuenta de que le daba igual. Habría preferido que Serena se quedase. Lo que le daba todavía más miedo.

–Serena...

Entonces vio un tatuaje en la base de su espalda.

–Eh, nena –rugió–. Qué mancha de tinta tan sensual.

Ella arqueó la espalda y murmuró:

–Pensé que te gustaría.

Finn recorrió con un dedo las pequeñas flores moradas y rosas que formaban el tradicional símbolo de la paz, pero fueron las pequeñas mariposas que había al lado las que hicieron que se le encogiese el corazón.

–Es muy bonito, Serena.

Su intuición le dijo que había algo más, pero antes de que le diese tiempo a preguntar, ella dijo su nombre con tal vulnerabilidad que solo pudo abrazarla y volver a besarla.

Y entonces cayó en sus brazos y Finn hizo el amor por primera vez con una mujer.

Cuando Finn volvió a la realidad estaba medio tumbado encima de ella, con una pierna sobre sus muslos y un brazo alrededor de su cintura, y la cabeza apoyada en sus pechos. Serena lo abrazaba incluso dormida.

Y él se sintió como si estuviese en casa. Aquella era la paz con la que quería despertar todas las mañanas. Con aquella mujer. Su mujer.

No iba a dejarla marchar. Jamás la dejaría marchar.

De repente, se dio cuenta de lo que estaba pensando y se dijo que no era posible. Tenía que dejarla marchar.

Aquello era lo que siempre había temido. Perder las riendas de su vida y dejar que sus sentimientos lo dominasen hasta desear a una mujer a la que jamás podría tener.

Serena se tumbó de lado y lo buscó inconscientemente y Finn se levantó de la cama de un salto.

En la ducha, apoyó las manos en las baldosas y dejó que el agua le cayese encima. Hasta que, de repente, la luz inundó la habitación y Serena gritó.

–Oh, Dios mío, Finn. ¡Tu espalda!

Y a él se le aceleró el corazón. ¿Cómo se le podía haber olvidado? Tomó aire y supo que aquello se había terminado.

Serena iba a odiarlo. Era lo que se merecía. Y era lo mejor, que se alejase de él antes de que le hiciese daño y le estropease la vida.

Capítulo 13

FINN tenía la espalda llena de cicatrices. Y ella estaba temblando de la cabeza a los pies, tenía el corazón acelerado y los ojos llenos de lágrimas, como toda una mujer.

Serena tomó una gruesa toalla, cerró el grifo y entró en la ducha. Intentó apartar la vista de su espalda, pero no pudo.

–Te han pegado, Finn. ¿Cuándo? ¿Cómo? ¿Por qué?

¿Cómo era posible que no se hubiese dado cuenta? ¿Por qué no se lo había contado él?

Él tomó aire y se giró muy despacio.

Y Serena se estremeció. Nunca lo había visto tan frío.

–Fue en Singapur.

–¿En... Singapur? –repitió ella, tambaleándose.

–Sí –respondió él sin ninguna emoción, tomando la toalla de su mano y enrollándosela a las caderas.

–Dime... ¿tiene algo que ver con Tom? –preguntó Serena en un susurro–. Dime que no tiene nada que ver, porque eso significaría...

–Que te he mentido desde el principio –admitió Finn con frialdad.

Serena cerró los ojos.

–Yo... confiaba en ti.

–No, no confiabas en mí. Y si estabas empezando a hacerlo, no era buena idea.

Finn tenía razón. Lo cierto era que llevaba meses esperando aquello.

–Quiero saber la verdad, Finn. Y ni se te ocurra volver a mentirme.

–Ponte algo.

Ella no entendió que se comportase así. Era todo lo contrario al hombre cariñoso al que le había entregado su cuerpo.

–Toma.

Finn le dio un albornoz blanco que había colgado detrás de la puerta y ella se lo puso y se ató el cinturón.

Él le hizo un gesto para que volviesen a la zona del salón, donde había dos sillones verdes.

–Siéntate. Y espera un minuto a que me vista.

–Prefiero quedarme de pie –le dijo ella.

Finn reapareció con una camiseta negra y unos vaqueros. Su expresión era indescifrable.

–Nos sacaron de un club privado de Singapur después de que nos hubiesen puesto droga en las bebidas. Estuvimos inconscientes unas doce horas y, cuando despertamos, estábamos en unas viejas celdas cerca del puerto.

–¿Os... secuestraron? –preguntó Serena, que casi no podía respirar.

–Empezaron pidiendo treinta millones.

Ella se dejó caer en un sillón y entonces volvió a pensar en las cicatrices de su espalda.

–¿A Tom también le pegaron... así?

Él cerró el puño y dobló las rodillas para apoyarlas en el suelo.

–No –respondió con frialdad–. Él no sufrió tanto.

La miró a los ojos y Serena vio emoción en ellos.

–Es la verdad. No ocurrió. Prométeme que lo recordarás.

Ella frunció el ceño.

–No lo entiendo. No tiene sentido.

–Digamos solo que estaban más interesados en mí.

Aquello no tenía sentido, ¿por qué iban a estar más interesados en Finn? A Serena se le hizo un nudo en la garganta, se mordió el labio.

–Tú hiciste que se interesasen más por ti –aventuró–. Y te golpearon de tal manera que tuviste que pasarte varios meses recuperándote en Suiza, ¿verdad? Por eso no fuiste al funeral de Tom.

–Sí –admitió Finn.

Ella se maldijo por haberlo culpado de todo mientras estaba solo, destrozado, después de haber sufrido tanto dolor...

–No me mires con pena, Serena. Yo llevé a tu hermano a ese club. Él confió en mí. ¡Yo lo metí en ese agujero, que no se te olvide!

–Eso no es cierto, Finn. Él tomó la decisión. En Mónaco me dijiste que yo no era responsable de sus decisiones y que no debía sentirme culpable porque él no lo habría querido. ¿También me mentiste en eso?

–No, pero... Esto es diferente. Yo salí vivo y él no.

Eso no se lo podía discutir.

–Dios mío, Finn. Entonces, ¿no se ahogó? ¿Qué le pasó?

Finn se sentó en el sillón de enfrente y la miró a los ojos.

–En resumen: unos tipos muy inteligentes querían hacerse ricos rápidamente y tenían una idea muy distorsionada del significado de la palabra hospitalidad.

–Oh, Finn.

–Cuatro días después de haber sido secuestrados, transferí sesenta millones de mi cuenta en Suiza a otra en las islas Caimán, y dos días después nos trasladaron a un crucero abandonado en medio del mar. Fue entonces cuando supe que no saldríamos vivos –le contó, pasándose las manos por el pelo–. Tom estaba cada vez más débil. Y yo estaba desesperado. Chantajeé a uno de los guardias para que lo dejase marchar. Solo podía llevarse a uno de los dos y le pedí que se lo llevara a él, pero no me molesté en decírselo a Tom porque sabía que no habría querido dejarme atrás. Era un buen chico.

La voz se le quebró y a Serena le rompió el corazón.

–También valiente. Habrías estado orgullosa de él, Serena.

Ella se llevó la mano a la boca para acallar un sollozo. Después de lo que habían tenido, no iba a ponerse a llorar delante de Finn. No iba a ser débil.

–A la noche siguiente, tal y como estaba planeado, el guardia lo sacó. Supongo que estaba nervioso por sí lo sorprendían, no lo sé. El caso es que lo dejó a poca distancia del puerto...

La mirada de Finn estaba llena de dolor y ella se clavó las uñas en las palmas de las manos.

–Para que pudiese nadar hasta la orilla.

–Oh, no...

–Serena, yo no lo sabía. Si no, habría advertido al guardia. No sabía que Tom no sabía nadar y lo conduje a la muerte.

Ella sintió que se rompía por dentro, pero supo que debía ser fuerte por los dos. Había sido una tragedia. Una injusta tragedia.

–No podías saberlo si él no te lo había contado. Era algo de lo que se avergonzaba –admitió.

Hizo un esfuerzo por no llorar, y vio a Finn levantarse y arrodillarse delante de ella. Su Finn.

Le apartó un mechón de pelo de la frente, la besó en los labios y le dijo:

–Lo siento. Lo siento. Siento habértelo arrebatado.

Su voz, rota y desconsolada, dio fuerzas a Serena, que tomó su rostro y le dijo con voz firme:

–Tú no me lo arrebataste. Fueron ellos. No fue culpa tuya.

–¿Cómo puedes decir eso? Fue todo culpa mía. Querían mi dinero, Serena.

–No. Si hubiese sido así, solo te habrían secuestrado a ti. Ambos estabais en el lugar equivocado en el momento equivocado.

Finn apretó la mandíbula y frunció el ceño.

–Yo lo llevé a la muerte.

–Solo querías salvarle la vida –le dijo ella, apartándole el pelo mojado del rostro–. Esto va a acabar contigo, Finn. No quiero que te sientas culpable. Tom no lo querría.

Finn se apartó de ella con frustración.

–Hablas así porque te acabas de acostar conmigo. Antes o después se te pasará y me echarás la culpa de todo, me odiarás.

–Jamás te odiaré, Finn. Jamás.

Él la miró fijamente, con expresión de dolor, pero Serena vio esperanza en su mirada.

–Serena, ¿no te das cuenta de que estás dejando que el sexo nuble tu mente? ¿Ya se te ha olvidado que he estado mintiéndote durante meses? –insistió Finn.

–En primer lugar, no me hables como si fuese una mujer tonta. Te prometo que no dejaré que el deseo me impida pensar. Tal vez este sea un buen momento para que me digas por qué me has estado mintiendo hasta ahora.

Finn fue hasta las puertas de la terraza y las abrió, dejando que el aire frío de la mañana entrase en la habitación. Luego se agarró al marco y miró hacia los jardines del club de campo.

–Cuando Tom se ahogó, el guardia se puso nervioso y fue a hablar con la policía de Singapur. Desde entonces, se han investigado varias pistas, pero todavía no tienen a los culpables. No queríamos ponerte a ti en peligro, así que yo sugerí que te contásemos la misma historia que al resto del mundo. Tu padre accedió. No quería que sufrieras todavía más.

Finn hizo una pausa antes de añadir.

–Además, le prometí a Tom que cuidaría de ti. Y que no te dejaría intentar hacer justicia.

Serena se sintió aturdida. Sí, aquello era exactamente lo que Tom habría hecho, pero ese no fue el motivo por el que se cruzó de brazos, enfadada.

–¿Por eso me ofreciste tu amistad hace unas semanas? –inquirió, con la esperanza de que Finn le dijese que no.

–Podría decirse que sí –contestó él sin mirarla a los ojos, metiéndose las manos en los bolsillos.

–Eso es muy noble por tu parte, Finn –dijo ella con la voz quebrada, como quebrado tenía el corazón–. Lo que no entiendo es cómo has podido mentirme durante tanto tiempo.

«Dame un buen motivo, por favor», pensó.

Finn se giró por fin hacia ella.

–Nunca he fingido ser un santo, Serena. Y el pecador que hay en mí no ha podido resistirse a ti.

Sus miradas se cruzaron... y Serena se dijo que estaba malinterpretando el ardor de su mirada. Que si Finn hubiese sentido algo por ella, habría tenido la decencia de contarle la verdad antes de haberla hecho suya.

–Te lo advertí, nena. Te dije que estabas cometiendo el mayor error de tu vida.

Y ella notó cómo crecía la ira en su interior y le espetó:

–¿Y a todas les dices lo de «nena»?

Y deseó que él le contestase que no. No quería oír que no significaba nada para él. Seguía teniendo la esperanza de ser distinta a las demás, especial.

Él apretó la mandíbula uno, dos, tres segundos.

–Por supuesto.

Y Serena se sintió más vacía que en toda su vida.

Cerró los ojos para verlo desaparecer. Estaba furiosa. Con él, pero también consigo misma. Por haberse vuelto a abrir. Por haber sido vulnerable con un hombre.

Suspiró y abrió los ojos.

Dio las gracias de haber descubierto la verdad antes de haberse enamorado de él.

–¿Serena? –la llamó Finn, preocupado.

–Lo nuestro se ha terminado. Ambos sabemos que era solo sexo y no volverá a ocurrir. Estoy bien.

–Me alegro –comentó él aliviado, saliendo al balcón y agarrándose a la barandilla de hierro con tanta fuerza que los nudillos se le pusieron blancos.

Serena se preguntó por qué seguía sintiendo su dolor como si fuese propio. Era como si existiese un vínculo entre ambos.

Miró hacia la puerta de su habitación y sintió ganas de escapar.

–Debería marcharme –dijo de repente–. Los dos necesitamos descansar un poco.

Aunque aquello era como darle la espalda a un animal herido y sabía que no debía hacerlo. Supo que, dijese lo que dijese, Finn seguiría sintiéndose culpable.

Y eso le provocó frustración.

Salió con él al balcón y puso las manos en su espalda.

–Finn, todo está bien –le dijo, abrazándolo por la cintura y apoyando el rostro en su espalda.

–Serena.

Y entonces notó como empezaba a relajarse.

–¿Puedo? –le preguntó, levantándole lentamente la camiseta para ver las marcas que tenía en la espalda.

Los ojos se le llenaron de lágrimas y, en esa ocasión, las dejó correr.

Lloró en silencio por Finn, por Tom, y besó las cicatrices una a una.

–Gracias –susurró después–. Gracias por haber hecho sus últimos días soportables. Por haberlo protegido. Y por haber intentado salvar su vida.

–Serena... –le dijo él temblando.

–Por favor, no dejes que su muerte sea en balde. Tú tienes toda una vida por delante. Tom querría que la vivieras.

Él bajó la cabeza.

Todo había terminado.

Serena soltó su camiseta y lo acarició para despedirse. Luego se dio media vuelta y se marchó con la cabeza bien alta. Dispuesta a luchar un día más.

Capítulo 14

EL CIRCUITO de Silverstone coreó su nombre cuando Finn subió al podio y saludó a la multitud. No había visto a Serena desde el amanecer y su corazón y su conciencia llevaban todo el día atormentándolo.

Tenía que verla y comprobar que estaba bien. Esa mañana, había tenido que hacer un esfuerzo sobrehumano para no abrazarla en el balcón, pero, por mucho que lo intentase, no podía creer que lo hubiese perdonado. Estaba convencido de que el único motivo por el que no lo había mirado con odio era la increíble noche de sexo que habían compartido.

Cuando Serena se diese cuenta de que el que debía estar muerto era él, y no Tom, lo odiaría. Y la perdería como había perdido a todas las personas que le habían importado en la vida. Era inevitable.

Un rato después se dirigía a su caravana, donde lo estaba esperando Michael Scott con una expresión que hizo que le temblasen las rodillas.

–¿Qué... ha ocurrido? –le preguntó, rogando a Dios que Serena estuviese bien.

–Tienes que saber que Serena huye siempre que sus emociones la superan. Lo ha hecho desde niña

–le explicó Michael Scott–. Supongo que el hecho de no haber tenido madre nunca la ha ayudado. E imagino que se lo has contado todo.

–Sí –admitió él. Y luego recordó la llamada de teléfono que había recibido justo antes de la carrera–. La policía de Singapur acaba de realizar una detención.

Michael Scott dio un paso al frente y apoyó una mano en su hombro.

–Bien. Por fin se va a hacer algo de justicia. Yo sé que has intentado hacer lo correcto, hijo.

Finn miró a Mick a los ojos. Estaba desesperado por creerlo.

–Y Serena también debe pensar lo mismo, porque no te ha matado. Así que ha llegado el momento de pasar página, Finn.

Él no supo si había asentido o no, se sentía aturdido.

–No sé cuándo volverá –añadió Michael, refiriéndose a su hija–. Después del funeral, tardó meses. Lo único que sé es que no se ha ido a Londres, y que te ha dejado esto.

Michael le tendió un sobre blanco con su nombre escrito, después le dio una palmada en el hombro y se marchó.

–Por cierto, ha visto la carrera y me ha pedido que te diga que has estado increíble.

Finn no pudo evitar esbozar una sonrisa. Serena había dicho por fin las palabras que él tanto había deseado escuchar. ¿Cómo no iba a adorarla?

–Gracias, Mick.

Se sentó en las escaleras de la caravana y abrió el sobre con torpeza, ya la estaba echando de menos.

Querido Finn:

Nunca se me ha dado bien decir adiós, pero en las últimas semanas tú me has ayudado a despedirme de Tom. A pesar de cómo ha terminado nuestra amistad, has sido un amigo para mí en muchos aspectos y me has enseñado muchas cosas acerca de mi propia vida. Por eso quiero devolverte el favor. Y pedirte el deseo que me debes.

Sé que estás preguntándote cómo es posible que te vaya a hacer un favor pidiéndote un deseo. No obstante, sigue leyendo.

Hace un rato me he dado cuenta de que no importa si me has creído o no cuando te he dicho que te perdonaba. Lo que importa en realidad es que aprendas a perdonarte a ti mismo. Si no, jamás podrás superar lo ocurrido. Por eso voy a contarte algo que muy pocas personas saben, y a rogarte que lo guardes en secreto.

Para abreviar te diré que la primera vez que me enamoré fue de un amigo de Tom. No se portó bien conmigo, y yo me sentí culpable por lo ocurrido.

Lo cierto es que yo era joven y no tenía cerca a ninguna mujer que pudiese explicarme cómo tratar a los chicos. Así que pensé que lo más sencillo sería convertirme en uno de ellos, y funcionó hasta que empezaron a tratarme de manera diferente. El caso es que tenía catorce años cuando me fijé en un chico mucho mayor que yo. Tenía la edad de Tom: diecinueve años.

Este chico me engatusó con sus mentiras y con sus palabras bonitas, hasta que me enamoré de él. Empecé a arreglarme, a coquetear, y a salir a escondidas con él, pero no estaba preparada para lo que iba a ocurrir.

Resultó que este chico no sabía aceptar un no por respuesta.

La primera vez que lo intentó, conseguí escaparme y él me amenazó para que no se lo contase a Tom.

Después empezó a seguirme, a espiarme, y yo tuve miedo durante mucho tiempo. Entonces, una noche en la que había una fiesta en el piso de abajo, subió a mi habitación. Había bebido. Intentó forzarme, me pegó, y se habría salido con la suya si Tom no hubiese llegado en ese momento.

Ambos pelearon y Tom salió malherido, aunque después se recuperó. Mi hermano se sintió culpable por no haberse dado cuenta antes de lo que estaba ocurriendo, así que por eso no me sorprendió que te hubiese pedido que cuidaras de mí.

Después de aquello, estuve yendo a terapia unos meses e intentaron ayudarme a superar lo ocurrido. Me hicieron aceptar que no había sido culpa mía, pero en realidad yo seguí pensando que si hubiese sido más fuerte, más valiente, se lo habría contado a alguien antes.

Continué pensando que mi comportamiento no

había sido el correcto. Si no, no habría reprimido a la mujer que había en mí.

Tú me has hecho ver eso y muchas cosas más, pero al ver como estabas esta mañana me he dado cuenta de que todavía no me siento en paz.

Y he decidido que tengo que perdonarme a mí misma. Y quiero que tú lo hagas también.

Te mando en esta carta el número de teléfono de la terapeuta con la que estuve, y mi deseo es que vayas a verla aunque sea solo una vez. Te ayudará si se lo permites.

Eres un superviviente, ambos lo somos. Disfrutemos de la vida que tenemos por delante. Si no es por nosotros, hagámoslo por Tom.

Supongo que eso es todo. Cuídate e intenta no romper mi coche, ¿de acuerdo? Cuídalo, que por fuera es un relámpago salvaje, pero por dentro es solo un bebé.

Serena

Finn dejó caer el papel al suelo y se maldijo. «Por dentro es solo un bebé». Era un idiota. Y le había hecho mucho daño a Serena.

Pensó que tenía que ir a buscarla y arreglar las cosas, aunque no supo qué le podría decir. Con pedir perdón no sería suficiente y no tenía nada más que ofrecer.

Así que pensó que ojalá encontrase la paz y la felicidad que merecía.

Y se dijo que él tenía un deseo que cumplir.

Capítulo 15

Cinco semanas y dos días más tarde...

Después de la carrera de Monza, Serena asistió a la fiesta que se celebraba en un lujoso hotel. El cielo estrellado le hizo pensar en la magnífica carpa de Montreal, y el champán, al baile de Silverston.

–No sé cómo has podido convencerme para que vuelva –le dijo a su padre.

–Estaba cansado de oírte decir que querías estar sola. He dejado que te escondas demasiado tiempo, Serena.

–No me estaba escondiendo –protestó ella.

–Lo que tú digas, cariño.

Serena suspiró.

–¿No estarás pensando en Finn? –le preguntó su padre.

–Por supuesto que no.

–Me temo que no te he dado buenos consejos en la vida, pero voy a darte uno ahora. Si piensas que es el hombre de tu vida, no lo dejes escapar sin luchar por él.

Serena se mordió el labio inferior, que había empezado a temblar.

–No me interesa –respondió–. Además, él ha seguido con su vida.

–¿Estás segura? Porque viene hacia aquí y tiene la mirada puesta en ti.

–Oh, Dios mío...

Serena no se sentía preparada.

–Buenas noches, señorita Seraphina Scott.

Ella notó un cosquilleo en el estómago y mucho calor.

Intentó girarse con elegancia y no caer ante sus pies, respiró hondo, levantó la barbilla...

Y sintió que ardía al verlo.

Estaba más guapo que nunca, tan seguro de sí mismo como siempre.

Serena pensó que lo había echado mucho de menos, pero intentó contener su emoción.

–Eh, ¿me has echado de menos?

Finn no podía desearla más.

Cuando Mick Scott le había enviado un mensaje veinte minutos antes, no había dado crédito. Y en esos momentos la tenía delante y le estaba costando pensar con claridad.

Mick le dio una palmadita en el hombro al pasar por su lado y murmuró:

–Intenta no fastidiarlo todo esta vez.

Finn tragó saliva y se dijo que tenía que centrarse en su futuro. Y lo tenía delante, envuelto en un vestido azul.

–Te he echado mucho de menos, señorita Scott. De hecho, me he sentido fatal desde que te fuiste.

–Sí, por eso has continuado con tu vida y ni siquiera te has molestado en llamarme por teléfono –replicó ella.

–Quería darte tiempo para que aclarases tus sentimientos. Para mí no ha sido fácil, Serena. Ha sido horrible. No tienes ni idea de cuántas veces he ido al aeropuerto...

–¿Para marcharte de vacaciones?

Finn decidió que tenía que cambiar de táctica.

–¿Bailas conmigo? –le preguntó, tendiéndole la mano–. ¿Me concedes el primer baile que no pudimos compartir en Silverstone? ¿Por favor?

Lo cierto era que solo quería abrazarla y hacerle recordar cómo era cuando estaban juntos.

Ella tardó unos segundos en tomar la decisión.

–Está bien. Un baile.

Y Finn tomó su mano, atravesó con ella la pista de baile y la llevó a la parte de atrás, que daba al jardín.

Luego la abrazó con fuerza.

–Finn –protestó Serena–. No puedo respirar.

–¿Y necesitas respirar, nena? –preguntó él, disfrutando del momento.

–Sí...

Él la abrazó todavía más y la oyó gemir como había gemido en la cama, desnuda. Finn se sintió aturdido y excitado. Y decidió hacerle una confesión.

–Quería decirte que, en realidad, has sido la única a la que he llamado nena. Y siempre lo serás. Porque eres mía –le dijo, dándole un beso y luego otro, y otro.

Ella retrocedió, se apartó de él.

–Entonces, ¿me mentiste cuando me dijiste lo contrario o me estás mintiendo ahora? En realidad, me da igual. No... puedo tener nada contigo porque no sé si puedo confiar en ti.

–Puedes confiar en mí –le aseguró Finn–. Te lo demostraré...

–Mira, acabo de llegar de viaje y estoy cansada. Nos veremos mañana, ¿de acuerdo?

Y antes de que a Finn le diese tiempo a contestar, se marchó.

Él se pasó la mano por la cara y se preguntó si debía haberle dado más tiempo. Tal vez tenía que haber ido a buscarla antes.

Así que corrió tras de ella y le bloqueó el paso.

–Déjame.

–Te seguiría hasta el fin del mundo, Serena. Y esta vez no vas a poder escapar. Te dejé marchar la primera vez porque estaba asustado, pero no volveré a cometer el mismo error dos veces. He cometido demasiados errores contigo y no cometeré ni uno más.

Después de unos segundos, Serena preguntó:

–¿Estabas asustado?

–Aterrado. Pero ya no. Te quiero. ¿Me has oído, nena? Te quiero –le dijo, besándola en los labios delante de todo el mundo y convenciéndola así de que le decía la verdad.

Aturdida y desorientada, Serena vio cómo Finn se la llevaba hasta una pérgola que había en el jardín.

–¿Acabas de besarme delante de todos? –le preguntó, aspirando hondo–. ¿Te das cuenta de que mañana por la mañana todo el mundo sabrá que me has dicho...?

–¿Que te quiero? Me parece bien. Ya era hora. Así todo el mundo sabrá que estás ocupada.

–¡Y tú también! –le dijo ella.

–De eso se trata, Serena –respondió Finn, acariciándole la mejilla con ternura–. Nos pertenecemos el uno al otro, pero he perdido tu confianza y necesito recuperarla.

–Solo tienes que ser sincero conmigo, Finn. Es lo único que te pido.

–Y voy a serlo. Siempre –le aseguró él–. Accedí a ser tu amigo porque le había prometido a Tom que te protegería, pero solo fue una excusa para estar más cerca de ti. Lo cierto es que siempre me has gustado, Serena. Desde el momento en que te vi. Y si tú no hubieses entrado en mi vida en Mónaco, ahora no estaría aquí. Porque deseé estar muerto hasta que llegaste tú.

Tomó su rostro con ternura, y Serena pensó que no podía alegrarse más de que siguiese allí.

–Y eso hizo que me sintiese culpable, porque, de

repente, quería vivir y pensaba que no lo merecía. Entonces empecé a enamorarme de ti. Y no te conté antes toda la verdad porque estaba asustado. Me aterraba la idea de perderte. ¿Cómo le dices a la mujer a la que amas que eres el responsable de la muerte de su hermano?

–¿Y por qué no me contaste todo eso, Finn? –preguntó ella–. ¿Por qué me hiciste entender que no significaba nada para ti? Me hiciste daño.

–Lo sé, y lo siento, pero estaba hecho un lío. Solo quería apartarte de mí porque pensaba que no serías capaz de perdonarme nunca. Y entonces leí tu carta –continuó, dándole un beso en la frente–. No sabes cuánto siento que tuvieses que pasar por todo aquello. Me di cuenta de que nunca había conocido a nadie como tú. Tan bella, valiente y fuerte. Y querías que luchase. Por ti.

Serena intentó hablar a pesar de que tenía un nudo en la garganta.

–Estaba preocupada por ti y no quería perderte.

Él se quedó pensativo, se pasó el dedo por el labio inferior, como si quisiera preguntarle algo.

–¿Finn? –dijo ella, apoyando las manos en su pecho y sintiendo los latidos de su corazón.

–Te debía un deseo, y lo cumplí.

Serena le sonrió, estaba orgullosa de él.

–Y creo que he conseguido superar todos mis traumas. Y ahora lo que quiero es formar una familia, contigo.

–¿Quieres formar una familia... conmigo? –preguntó ella sorprendida.

–Sí, pero veo que te horroriza la idea. A lo mejor me he precipitado...

–No. No es eso. Es que nunca lo había pensado. Supongo que nunca imaginé que me casaría. Por cierto, ¿a qué se dedica una esposa?

–A diseñar coches y a llevar botas de motorista. Al menos, es lo que espero que haga mi esposa.

A Serena se le llenaron los ojos de lágrimas.

–Dame la oportunidad de ganarme tu corazón, por favor, Serena.

–No hace falta que te lo ganes porque ya es tuyo. Estoy locamente enamorada de ti.

–¿Qué? –preguntó Finn sorprendido–. Eso es imposible.

–Te prometo que es la verdad –le aseguró ella, enterrando las manos en su pelo y dándole un beso–. Y ahora quiero que me lleves a casa.

Él sonrió de manera muy sexy y la tomó en brazos.

–Encantado.

–No me había sentido tranquila y en paz hasta que no estuve entre tus brazos.

Finn la apretó con fuerza contra su cuerpo y echó a andar hacia un futuro que no podía esperar más.

–Y aquí es donde te vas a quedar. Para siempre.